GOBOOKS
& SITAK
GROUP©

GOBOOKS & SITAK GROUP ©

三日月書版

三日月書版

狐狸娘！
FOX SPIRIT
vol.2
Author 哈皮
Illust. 水佾
輕世代
FW293
三日月書版

FOX
SPIRIT
C·O·N·T·E·N·T·S

FOX SPIRIT

璃
幼年型態
狐狸精(金毛)
Age / 438歲
Height / 101cm
Weight / 17kg
Nickname / 孔璃、迷你璃、小璃
Job / 米蟲
FOX SPIRIT

璃
成年型態
狐狸
Age / 438歲
Height / 162cm
Weight / 46kg
Nickname / 孔璃、迷你璃、小璃
Job / 米蟲
FO
SPIRIT

FOX SPIRIT

>>> Chapter.1_ 不管怎樣，總該穿衣服吧！

因為妖怪會的委託，半吸血鬼林家昂和吸血鬼亞麗莎才會進攻馬氏企業。

原以為是麻煩的掃蕩戰，沒想到孔天強卻早他們一步，當他們抵達時，只剩下一些雜魚小兵。在解決完剩餘的螞蟻精後，他們在最上層發現了倒在地上的孔天強和身受重傷的璃，兩人才因此獲救。

乍看之下只是單純的巧合，但實際上，卻是名為「妖怪會」的龐大組織在背後悄悄地操控著一切，所有人不過是棋盤上的棋子罷了。

為了讓世界和平，就必須經歷戰爭。

為了讓世界和平，勢必有人要被當棋子使用。

因為犧牲和對暴力的恐懼，和平才有可能降臨。

這是妖怪會正在做的，他們認為這些都是必要的犧牲。

作為棋子，現在還不是孔天強和璃犧牲的時候，所以他們才會「恰巧」得救。

身為天性狡猾的狐狸精，璃知道這件事並不單純，她不清楚拒絕吸血鬼們的提議到底正確不正確，但若孔天強不願加入，那她也沒有加入的理由。

孔天強和璃離開房間後，立刻鑽進下樓的電梯，打算用最快的速度離開這裡。

「汝就這樣拒絕他們不會有問題嗎？他們兩個感覺不是什麼好惹的傢伙，能控制他們的組織肯定也不是咱們惹得起的對象。」璃蹙眉看著孔天強：「咱們就這樣拒絕他們，會不會有危險？咱們現在根本沒有辦法戰鬥，這裡還是他們的地盤，汝是否該委婉些？」

「在擔心那個之前，妳先找件衣服來穿吧，都被看光了。」孔天強能理解璃的擔憂，但他不想回答這個疑問，況且目前最嚴重的問題，是大庭廣眾之下還大搖大擺光著身子的狐狸精，他決定先好好教她「羞恥心」三個字怎麼寫。

「咱可是野獸，穿衣服會讓咱感覺不舒服。」璃理直氣壯地回應，炫耀似地甩了甩尾巴：「而且咱的尾巴這麼漂亮，咱才不想遮起來呢。」

每個人對美麗的定義都不同，對璃來說，美麗的部分只有尾巴，但在孔天強眼裡，比起毛茸茸又有狐騷味的尾巴，璃的外貌更加具有吸引力。

剛剛因為有林家昂他們在，孔天強的注意力沒有放在璃的身上，但現在這密閉空間只剩他們倆，特別璃還是裸體狀態，這讓孔天強本能地有點緊張。

璃的美貌讓憎恨妖怪入骨的「黑色火焰的影魅」都有點動心，其他人就更不用說了。

他們所在的地方是妖怪會位在臺北的總部，這裡的員工理所當然和「裡世界」有關，因此璃一走出電梯，她那美麗的外表和姣好的身材迅速吸引了大部分男人的目光。不過接受目光洗禮的可不只有璃，連孔天強也感受到讓他渾身不自在的視線，大部分女人看著他的眼神都充滿了愛慕，她們的雙眼差一點就要像漫畫裡那樣變成愛心形狀。

俊男美女的組合讓辦公室裡一陣騷動，不過孔天強認為他們之所以會成為焦點，全都是因為璃不穿衣服的緣故，他不斷思考著要怎樣才能讓這個暴露狂乖乖就範。

「我會跟姐說的。」最後想到的絕招就是這個。

「咱、咱知道了啦！」

沒想到意外地效果拔群。

一聽到孔天強企圖和孔天妙打小報告，璃緊張得尾巴豎了起來，立刻施了簡單的法術，在身上變出一套她那年代婦女常穿的古裝，還特地留了一個洞露出她那自豪的尾巴。

「這樣就行了吧？不准跟妙妙講喔！咱已經穿上衣服了，前面的都不算數！還有，『和妙妙告狀』明明是咱才能用的手段，汝居然偷用！」

孔天強沒有理會璃的抗議，也不做口舌之爭，他看向璃以確定這狐狸精沒有耍什麼花樣。

外表看起來怎樣都無所謂，重點是能夠遮住身體，不過衣服的款式還是讓孔天強忍不住皺眉，這剪裁、顏色和花樣真的土到讓人懷疑古人的審美。但這麼難看的衣服穿在璃的身上，居然讓這狡猾的狐狸精看起來像個傾國傾城的古典美人。

「呦，小帥哥，要去哪裡啊？幹嘛走這麼快呢？」突然，一個高壯的光頭男人擋在走廊中間，截斷了兩人的去路。光頭男身穿成套的西裝，鼓起的肌肉讓西裝看起來非常緊繃。身高一百七十九公分的孔天強矮了光頭男一個頭，這讓他站在又高又壯的光頭男面前看起來像一折就斷的竹竿。

「滾。」妖怪的臭味讓孔天強瞬間臉色一沉，他低吼一聲，同時微微抬起頭狠狠瞪了光頭男一眼。

「你、你才該滾！你知道我是誰嗎？」被孔天強眼神中的殺意嚇了一跳，但光頭男還是想逞威風，從身上散發出妖力壓制孔天強，企圖展現自己的雄性魅力。

「不知道沒關係，只要把可愛的狐狸妹妹留下來，我就放過你一馬。」

沒想到會在妖怪會的大樓內碰見這樣的地痞情節，孔天強不禁有點錯愕。但這些都只是小事，真正讓孔天強感到訝異的，是他完全沒有把璃讓出去的想法。他相信這種事如果再早個幾天，他肯定二話不說就把璃給賣了，回家後再隨便找個理由搪塞孔天妙。但此刻孔天強第一時間想到的，是要除掉眼前的光頭男，帶璃離開這個鬼地方。

不，只是因為對方也是妖怪，所以才會想除掉他。

孔天強努力地找理由解釋自己的行為，一點也不想承認那個更加接近事實的答案。

他絕對不會承認自己和妖怪是伙伴。

孔天強魄力十足地瞪著光頭男，強烈的氣勢讓光頭男愣了一下，他不明白為何這個人類沒有懾服在自己的妖氣下，甚至自己的氣場還略輸一籌。

雖然孔天強沒有辦法使用法力，不過還是可以靠單純的體術將光頭男打倒。

「啊，你、你又來了！」這時，一旁衝出幾個穿著和光頭男一模一樣的男人，他們一臉緊張地把光頭男拖走，並笑著對孔天強賠罪：「抱歉、抱歉，這傢伙正處於發情期，但因為有任務不得不出門，這還請你不要見怪……」

「媽的，你知道那傢伙是誰嗎？居然跑去招惹人家！」幾個人在把光頭男拉走，並瘋狂敲起他閃亮亮的腦袋。

「不管他是誰，我都要那個狐狸妹妹！我要狐狸妹妹幫我生一窩孩子！我可是大名鼎鼎的牛頭米諾斯，我這麼壯沒道理搶不到狐狸妹妹！」光頭男一邊說，一邊不斷回頭，用著依依不捨的眼神看著璃，嘴角甚至還流出口水：「狐狸妹妹——」

「那個男人是『黑色火焰的影魅』，你是不是不要命了啊？」

「呃！」光頭男的臉瞬間僵住，一臉不敢相信地看向孔天強，看著和傳聞中一模一樣的外表，他瞬間從發情的迷濛之中清醒過來，冷汗從後頸冒出，擦了擦口水和同伴快步離開現場。

孔天強看到人走了以後，無比疲憊地嘆了口氣，祈禱著今天別再碰上什麼麻煩的事情，特別是和妖怪有關的事。

「真想不到汝居然會為咱挺身而出，真有男子氣概。那帥氣的模樣讓咱有點動心呢。」璃咯咯笑著，兩手搭上孔天強的肩膀，尾巴輕輕地甩了起來：「一瞬間咱真的有想和汝生一窩小狐狸的衝動喔！」

「滾。」孔天強瞪了眼得意忘形的璃，甩開她的手，加快腳步往外走去。

「欸，咱可是在誇獎汝，汝就不能有什麼表示嗎？笑一個給咱看嘛！」孔天強的冷淡讓璃忍不住抗議，她衝到孔天強面前，擋住他的路，就像孔天強想讓璃知道何謂羞恥心一樣，璃打算趁著孔天強沒辦法使用法力的時候好好糾正他這彆扭的性格。

「隨便回咱什麼話咱都會很開心的，咱也相信回應咱的話並不困難，畢竟汝又不是啞巴，每次都用這種態度對咱，就算咱再怎麼心胸開闊也是會生氣的！」

「滾。」孔天強繞過自稱心胸開闊的狐狸精繼續往外走，璃氣得跺腳，一路上不斷在孔天強耳邊碎碎念，煩得孔天強都想揍她，但每每一舉起手，璃就立刻搬出約定的事情，讓孔天強只能忍氣吞聲。也因為揪著這一點，璃肆無忌憚地趁機踢了孔天強好幾腳以示不滿。

交手幾輪之後，發現自己完全拿璃沒辦法的孔天強只能臭著臉，任憑璃各種碎碎念和挑釁。

透過手機連線到重機上的GPS，孔天強知道妖怪會很貼心地把他的重機牽到附近的停車場，在經過一樓服務臺的時候，客服人員立刻把鑰匙遞給他，並且替孔天強指引停車場的位置。

「謝謝。」雖然臭著臉，孔天強還是禮貌致謝。

「汝啊！汝啊！」聽到這句道謝，璃的怒火更加旺盛：「汝為何願意好好跟別人說話，就是不願跟咱好好說話呢？總是叫咱『滾』或叫咱『去死』，咱覺得這不公平！」

「她是人類。」孔天強的答案簡單明瞭。

「汝也可以把咱當成人類啊！」

看著那對不斷擺動的金色狐狸耳朵和因為不滿而豎直的毛茸茸狐狸尾巴，孔天強真不知道該如何回應。

「還有汝是否忘記了？咱的鮮血和汝一樣是鮮紅色的，所以公平對待咱會要汝的命嗎？」

「我沒辦法公平對待長著尾巴的『人』。」

「汝這是瞧不起咱漂亮的尾巴嗎！」一聽見孔天強說她尾巴的壞話，璃更加生氣了，整個人不要命地往孔天強身上貼近，仰起漂亮的臉蛋看著孔天強：「汝可以汙辱咱，但絕對不能汙辱咱驕傲的尾巴！」

面對這詭異的標準，孔天強嘴角微微抽動，還稍微被她的氣勢嚇到。他立刻繞過璃，快速地往大門外走去。

孔天強第一次覺得妖怪是這麼煩人、而且煩得有點可怕的生物，特別是尾巴受到批評的囉嗦狐狸精。

璃追著孔天強，一路又叫又跳又拉又扯又咬又踢，要求孔天強跟她的尾巴道歉。

如果是過去，孔天強肯定早就把璃的脖子扭斷，此刻的他卻忍耐著，任憑璃對自己動手動腳，雖然他很想告訴自己這全是約定的錯，但他很清楚事實並非如此。

孔天強一路跑到停機車的地方，璃也一路瘋到機車旁邊，最後搞得兩個人都氣喘吁吁。

「夠了。」孔天強甩開璃抓著自己的手，正要把鑰匙插進鑰匙孔時，他的手又再次被璃揪住。這下孔天強真的無語了，他看向璃問道：「妳不想回去？」

「汝啊，不僅對咱不禮貌還汙辱咱最寶貝的尾巴，而且連道歉都不肯說，汝真是個失禮的傢伙。」

面對璃的質問，孔天強真的服了，況且他不得不服，否則肯定會鬧到天黑都別想回去。

「就算不道歉，也該有所表示吧？」就在孔天強打算開口道歉之際，璃那對火紅的雙眼突然閃爍著光芒，尾巴不斷晃動，眼前這狡猾的小狐狸肯定在盤算著什麼。

「如果汝什麼都不表示，咱回去肯定會跟妙妙哭訴！」

「我道歉，不行嗎？」

「傷害已經造成，咱幼小的狐狸心已經受到嚴重的創傷。」嘴巴上雖然這樣說，璃的表情和尾巴的動作卻一點都不像受到創傷的樣子：「一句道歉無法彌補咱。」

「那妳到底要什麼？」

「一開始說好的十個甜甜圈再加上賠罪的十個甜甜圈，現在就去買！」璃笑著說出答案，孔天強立刻看向不遠處的甜甜圈店。

他開始思考到底是不理她，還是買甜甜圈安撫她，無論哪個答案都讓他感到掙扎，但他知道後者才是最好的選擇。

「……藏好尾巴和耳朵。」一想到上次璃整個人貼在玻璃櫥窗上、惹人注意的行為，孔天強忍不住提醒道。

「唔……」這句話明顯讓璃很不滿意，她鼓起臉頰說道：「汝到底對咱漂亮的尾巴有什麼不滿！」

「回家。」孔天強立刻轉身要發動重機。

「咱、咱知道了啦！」一看孔天強不打算買甜甜圈了，在思考過後，嘴饞的狐狸只能妥協。

「但是汝一定要買齊二十個甜甜圈給咱，大盒子一定要裝得滿滿的喔！」

「知道了。」看著和孩子一樣鬧脾氣的狐狸精，孔天強想生氣也氣不起來，只能嘆了一口氣。

「咱都這麼忍耐了，如果敢騙咱，咱肯定要汝好看！」璃說著彈了下手指，用妖力將她的耳朵和尾巴收起，除了身上那土氣十足的服裝以外，看起來就像個普通人類。飄逸的金色長髮、姣好的面容以及性感的身材，完全不輸伸展臺上的模特兒。

孔天強有點看呆了，沒有了那些惹他討厭的妖怪元素，璃居然看起來這麼順眼。

不過他還是覺得孔天妙更漂亮。

「好了，咱們快走！要不然甜甜圈要賣光了！」璃嚷嚷著，拉著孔天強往甜甜圈店走去。

看著飄逸著金髮的背影，聽著因為能吃甜甜圈而愉悅的聲音，孔天強突然有種想法——

如果自己不是妖怪獵人就好了。

如果不是妖怪獵人，那過去的一切就不會發生；如果一切都沒有發生，那他就不會經歷這麼多慘痛的回憶。

孔天強是個相信緣分的人，他相信只要有緣分，該遇到的人，不管以什麼形式都會見面。也許他會在某個平凡的地方見到這隻狐狸精，接著像這樣被她拖進甜甜圈店，而他也不會因為這隻手的溫度感到煩躁痛苦。

孔天強知道這不是愛情，這是孤單許久的自己企圖建立起的友情羈絆。即使是冷漠的人，也會有感到寂寞的時候。

雖然這樣的傢伙很煩人，可同時也讓人覺得溫暖。

但現在的他是妖怪獵人，有著那樣慘痛的過去，所以他只能選擇憎恨妖怪。

他沒辦法原諒自己。

因為走在這條路上，所以他不可能和璃成為朋友。

孔天妙提醒過他很多次，但至今孔天強仍沒意識到——

心中只有憎恨的人註定寂寞。

一踏進甜甜圈店，璃馬上就開始挑選甜甜圈，在接過店員包裝好的甜甜圈後，她立刻拋下孔天強，非常現實地直接往店外走。

就在孔天強默默掏出錢包準備結帳時，他的手機傳來了通訊軟體的提醒音效，他拿出手機，赫然發現上面有數十通未接來電，全部都是孔天妙的電話，他知道情況不妙，立刻回撥。

「妳很清楚，這全是妳的錯。」

在孔天妙第N次聽到「您所撥的電話無人回應」後，這句話突然從腦海中冒了出來。孔天妙忍不住一顫，一股惡寒直接透進骨子裡，她的呼吸變得無比沉重，想尖叫卻只能強忍著不發出聲音。她抱著手臂，雙眼布滿血絲，後頸不斷冒出無數細小的汗珠，她緩緩抬頭，看向說出這句話的人。

眼前的人是她卻又不是她，此刻孔天妙面前站著一個只有模糊輪廓的漆黑身影。雖然臉看不太清楚，但黑色人影卻掛著鄙視的笑容，潔白的牙齒因顏色對比顯得更加刺眼。

一人站著一人坐著，黑色人影輕鬆地睨著孔天妙，它用著和孔天妙相似的音調，其中卻參著像指甲刮黑板的噪音，讓人非常不舒服。

「如果妳再強一點的話，妳唯一的親人就不會這麼慘了。」

孔天妙知道，它是自己的心魔。

每每孔天強因任務而受傷的時候，孔天妙的心魔就會出現，指責她的沒用。心魔存於孔天妙的心中，掌握著她最擔心和後悔的事情。一開始它只是一團漆黑的影子，隨著時間推移，心魔的輪廓逐漸明顯，特別是孔天強被妖怪會收留的這三天，心魔更是迅速成長，差一點就奪走孔天妙的意識。如果不是妖怪會的通知來得即時，現在的孔天妙恐怕早已淪陷。

孔天妙知道心魔的誕生，是因為自己憎恨著自己的脆弱。五年前的事故，孔天妙曾經恨過孔天強，因為孔天強的失控，犧牲了她的未婚夫和孩子，連自己都變成這副模樣。但面對自己唯一的親人，看著他後悔痛苦的樣子，她又無法繼續恨他，於是心中的怨恨轉向自己，開始痛恨自己不夠強大。

如果自己再強一點，就可以救下戀人。

如果自己再強一點，就可以保住孩子。

如果自己再強一點，孔天強就不會變成現在這個樣子。

這樣的想法五年來不曾間斷，每當孔天強出任務時，這想法就越發強烈。而心魔正是由此而生，以孔天妙的後悔和怨氣為食，伺機而動，打算奪取真正的形體，取代孔天妙。心魔的存在逐漸侵蝕著孔天妙的心靈，她卻隱忍著，打算一個人獨自面對，至今都沒有露出任何一點破綻。

孔天妙不想讓孔天強擔心，不想讓孔天強更加自責，但獨自面對心魔，卻讓她十分痛苦。

「如果妳能阻止他，他根本不會受那麼嚴重的傷，但妳沒有。」

「閉嘴！」孔天妙一聲低吼，全身上下充滿不尋常的氣息，即使是外行人，也能感受到這股恐怖的殺氣。

「就算我閉嘴，妳能改變事實嗎？」

「就算不能改變又怎樣……既然決定放手，我就不能後悔！我也不會後悔！」

孔天妙雖然這麼說，她卻顫抖著，她知道心魔想說什麼，那是她心中最真實的想法，也是她無法直視的傷口。

「妳真的不後悔嗎？妳覺得這樣能夠騙過我？妳別忘了，我就是妳，妳就是我啊！」

「閉、閉嘴……」孔天妙像被抽乾全身的鮮血一樣，臉色慘白，四肢冰冷。

「真的夠了，別再說了……」

「妳明明知道我是沒辦法閉嘴的，我是妳心裡的鏡子，我映照的是妳心中最真實的想法，只有妳死我才會消失。但妳不可能自殺，因為妳放不下孔天強。」

「不對，你才不是我的心聲……你是魔！」孔天妙雙手燃起青色火焰，緩緩地從輪椅上站起來，但才跨出一步，一陣痛楚立刻從大腿直竄尾椎、直達腦髓，強烈的痛苦讓她差一點腿軟，但她還是走到心魔面前：「所以、所以我要滅了你！」

「我就是妳，妳要怎麼消滅我呢？」

心魔臉上掛著得意的笑容，但它還是往後退了幾步，離開孔天妙的攻擊範圍。

「總會有辦法……」

「很痛吧？連站都站不穩、碰都碰不到我，這樣還想消滅我？」

「總會有辦法的……一定……一定……」像要催眠自己般呢喃著，心魔看著孔天妙，臉上掛起一抹笑容，孔天妙朝它揮拳，但心魔毫不費吹灰之力地閃過。

有句話說「武術的基礎是腳」，透過步伐的改變能讓拳頭的力道變大，招式也比較多樣，很多武術的入門基礎都是練習步伐。孔家拳術流當然也離不開這條原則，但孔天妙下肢神經受損，沒辦法正常活動雙腳，只要跨出腳步就會感到疼痛，因此她的拳頭完全沒有應有的力道和速度。

之前能夠坐在輪椅上打倒孔天強和其他妖怪，是因為「對方主動進攻」的關係，透過借力使力和一些簡單的方術才順利打倒他們。但面對「自己」，她知道心魔根本不可能主動進攻，可她沒辦法坐著乾瞪眼，才會試著站起來，想展現自己的決心。

殊不知，這卻給了心魔更多的破綻。

那份痛楚不斷提醒著孔天妙自己的無力，這份無力感又不斷勾起她的後悔，她越痛苦心魔就越有可乘之機。

「妳看，很痛苦吧？很後悔吧？這個傷就是在提醒妳的錯誤，明明只要接受我就可以修正錯誤了，愚蠢，妳不覺得妳非常愚蠢嗎？來吧，接納我，讓我成為妳……」

「每一次，都在徘徊孤單中堅強……」

突然響起的手機鈴聲打斷了心魔的話，它看了眼放在一旁的手機，忍不住地咬牙切齒，接著開始扭曲變形，像是被吸進漩渦一般漸漸地消失。

「事情，還沒有結束。」

「我知道。」孔天妙喘著氣，用最快的速度回到輪椅上。

「我一定會打倒你的……絕對不會讓你奪走我的身體！」

孔天妙用力地深呼吸，在調適好心情、確定自己的聲音沒有任何變化後，她接起了電話。

FOX SPIRIT

>>> Chapter.2_ 不找死就不會死，尤其對手是隻狐狸

「妙妙！」門一打開，璃像許久沒見到主人的忠犬一般，往孔天妙的方向飛奔而去，手中甜甜圈盒子在半空中畫了好幾個圈，一副不擔心甜甜圈爛掉的模樣，讓人不敢想像等等盒子打開後內容物的慘狀。

「咱回來了！」

「咦？咦咦？」看著朝自己奔來、長著狐狸耳朵和尾巴、穿著古裝的女人，雖然馬上就知道對方是璃，但孔天妙完全不明白為什麼她會變成這樣子，原本的小可愛居然長大成人，一種專屬於母親的惆悵來得猝不及防。

「為、為什麼妳會變得這麼大？妳被灌了什麼特別的營養劑嗎？」

「哼哼，那是因為咱已經取回一部分的妖力了！之前是因為妖力不足，所以只能變成那種小娃兒的模樣，現在咱已經擺脫那不方便的身體，甚至可以使用妖術囉！」

「姐，我回來了。」孔天強走到孔天妙面前，用嫉妒的眼神看著半截身體趴在孔天妙身上的璃。身為一個姐控，他也很想這麼做，但一方面是自尊心不允許，另一方面則是總覺得會被孔天妙打。

「抱歉，出了點意外，才回來得這麼晚。」

「記得回來就好，只是也拖太久了吧？而且居然不事先通知我，如果不是妖怪會的朋友跟我說，我都快擔心死了！你趕快去補這幾天沒做的家事！先去刷馬桶！」

看著眼前的兩人，孔天強覺得自己絕對被排擠了。他盯著不斷甩著狐狸尾巴的璃，有種想踩她尾巴來宣洩嫉妒心和對不公平待遇不滿的衝動。但這麼做肯定會被孔天妙狠狠教訓，所以只能摸摸鼻子往廁所走去。

「汝，沒事吧？」孔天強一走遠，璃立刻抬起頭，盯著孔天妙低聲詢問。

這突然的問題讓孔天妙瞪大雙眼，臉上的笑容瞬間僵住，那銳利的火紅雙眼彷彿已經看穿一切。

「方才是因為那頭蠢驢還在，所以咱才沒有說的，但這不代表咱什麼都沒發現。雖然味道淡了許多，但有股魔的氣息。」璃一邊說著一邊緩緩地站起來，此刻她的身高已經可以完全俯視孔天妙。璃的眼神雖然銳利，卻沒有帶給孔天妙任何壓迫感，反而是從中感受到滿滿的關心。

「過去，咱看過很多因心魔而走火入魔的，無論是妖怪還是人類，數都數不完，他們的末路，咱自然也很清楚。咱……非常喜歡汝做的飯菜，咱不想看到汝和他們踏上一樣的路。」

「我知道走火入魔後會變成怎樣。」孔天妙虛假的笑容被輕易瓦解，修長的柳眉瞬間皺成了八字：「我會努力對抗心魔，絕對不會走火入魔，所以、所以請妳別……」

「咱要說的話，方才早就說出口了。」璃說著，瞬間變成幼女的模樣。因為形態的變換，她身上的衣服瞬間消失，再次成為全裸的狀態。她輕巧地跳到孔天妙的輪椅上，小小的手環住孔天妙的脖子：「咱也不是不能理解汝的顧慮，但從殘留的臭味來看，汝的心魔已經存在好幾年了，還成長到非常危險的程度。如果這樣孔天強那蠢驢還渾然不知的話，很明顯是汝刻意隱藏起來，若不是因為氣味濃重，咱恐怕也會被汝的演技給騙了。可是汝啊，別太逞強，真的有困難一定要跟咱說，咱不想失去這世上唯一懂咱尾巴美麗的知己。」

「謝謝。」孔天妙抱住璃，此刻她感覺有股暖意流進她的心中。

人與妖同樣都有七情六欲，雖然人們常說妖怪可怕，但很多時候，人類比妖怪更加可怕。如果兩者能放下成見、以誠相待，就算是人類和妖怪也肯定能夠建立友誼。

「咱啊，很珍惜現在的生活。雖然孔天強那蠢驢總是讓咱很不開心，但和他鬥鬥嘴、欺負他的日子，仍是咱最懷念的時光。」

「璃，如果，我是說如果……唔！」孔天妙的話還沒說完，璃就用甜甜圈塞住了她的嘴。

「才沒有什麼如果呢，那種如果不會發生，還有那蠢驢出來了。」

「唔，嗯。」孔天妙咀嚼著口中的甜甜圈，甜甜圈的甜味和心中的苦成了明顯的對比，但狐狸精的溫暖卻中和了這份不和諧。

「姐，沒有廁所清潔劑了，我出門去買。」孔天強說著，同時用充滿嫉妒和羨慕的眼神瞥了璃一眼。

「欸？用完了嗎？」雖然璃阻止了孔天妙繼續說下去，孔天妙還是有一點心虛，為了隱藏這份心虛，孔天妙立刻說道：「對了，要吃一個甜甜圈嗎？」

「不准！」沒想到璃卻突然插話，死命地抱起甜甜圈盒，豎直尾巴、露出犬齒瞪著孔天強：「這是咱的甜甜圈，沒有咱的允許誰都不能吃！咱只准許妙妙吃，可沒准這蠢驢也一同分享！」

「噗——」聽到這樣的發言，孔天妙忍不住噗哧一笑，而孔天強聽了心裡非常不是滋味，臉色變得更陰沉。

一看到孔天強的臉色，璃開始擔心起孔天強會發現之前「約定」的破綻，雖然不准傷害璃，但不代表不可以傷害甜甜圈。為了避免孔天強毀掉她的甜甜圈，璃立刻把甜甜圈往嘴裡塞，弄得自己像是藏滿葵花子的倉鼠一樣，臉頰肥嘟嘟的，一臉甜甜圈碎渣，用得意表情看著孔天強，一副「有本事從我嘴裡搶啊」的模樣，讓孔天強更加火大。

「好吧，甜甜圈吃完了，天強你沒得吃了！」孔天妙笑到渾身顫抖：「不過冰箱裡還有一點養力精，你可以拿去喝，代替甜甜圈。」

「不用……」孔天強一聽，臉皮忍不住抽了幾下：「這樣就好。」

養力精，有點類似遊戲裡的回魔藥水，可以透過藥氣疏通經脈，在短時間內回復大量法力。養力精雖然有奇效，但味道卻苦辣得讓人難以下嚥，因此正常人絕對不會主動想喝。

「喝一點比較好喔，雖然不知道弱到什麼程度，但聽妖怪會的朋友說，發現你的時候，你已經是法力全失的狀態，最少要靜養一個月，對吧？如果不喝一點的話，等等出門有什麼突發狀況，你會完全沒有辦法應對。」

「要去哪裡？」孔天強困惑地看著孔天妙。

「廁所清潔劑沒了，對吧？既然都要出去了，就順便帶璃去買衣服吧。」孔天妙此話一出，璃立刻露出不情願的神情，抱住尾巴，想反抗又不敢說。

「總不能讓她一直裸體吧？我不方便去百貨公司，只能拜託你帶她去囉！還是……你比較喜歡她裸體的樣子？」

「我對妖怪沒興趣。」孔天強這句話說得有一點心虛，不可否認，美女模樣的璃確實讓他有一點心動。

就在思考著要怎麼推拖時，突然靈光一現，他想到一個可以欺負璃的機會。

「如果妳不想買衣服，自己講。」

「汝！」璃小小的身軀微微一顫，孔天強少見地嘴角上揚，因為孔天強站著的緣故，坐在輪椅上的孔天妙錯過了孔天強好幾年都沒露出過的邪惡笑容。

璃馬上意識到自己被孔天強陰了，但她立刻想到了反擊的方法。

畢竟，孔天強還是太年輕了。

「璃，妳有什麼意見嗎？」孔天妙笑著問道，這笑容讓璃不禁起了雞皮疙瘩。

「咱是野獸……咱不用穿衣服……」璃心虛地不敢看孔天妙，回應的聲音也特別小。看著璃膽怯的樣子，孔天強覺得自己的陰謀得逞，嘴角揚得更高了。

殊不知，這只是短暫的勝利。

「嗯？妳說什麼？」璃的聲音雖然很小，但孔天妙聽得非常清楚，不過為了讓璃好好懺悔，所以刻意地說：「大聲點，我．聽．不．見．喔！」

「咱、咱是說……咱雖然是野獸，但咱也該考慮和汝等一樣穿衣服了！」

「很好。」孔天妙滿意地點點頭。

「畢竟，孔天強老是盯著咱的屁股和胸部看，讓咱感覺挺不舒服的。」璃補上這句話，表情還顯得有些害怕，看著孔天強的眼神像是看見變態一樣：「所以，咱認為咱還是穿個衣服好了。」

這句話讓孔天強和孔天妙瞬間僵住，特別是孔天強，他的心跳霎時漏了好幾拍，連呼吸都停了好幾秒，讓他邪笑著的帥臉看起來像是個蘿莉控大叔。

「孔天強？」孔天妙回頭想問清楚到底是怎麼回事，但一看到那邪惡的笑容，瞬間皺起眉頭，換了個問題：「你該不會真的是蘿莉控吧？」

孔天強大力搖頭，慌張得不知道該說什麼才好。

「還是……你嘴巴上說自己不喜歡妖怪，但實際上卻是狐狸精控？」

孔天強的腦袋已經晃到快掉下來了，但他依舊緊張得無法反駁。這反應讓璃笑倒在沙發上，好幾次差點忘記呼吸而不斷咳嗽。

「呃，天強，其實你真的喜歡小璃的話我不反對，畢竟你也不可能一直單身。但別用下流的眼光盯著人家看，會被對方討厭喔！」

「我、我只喜歡姐姐！」看著自己被誤會成狐狸精控，情急之下，孔天強忍不住脫口而出，接著意識到自己說了什麼不得了的話，整張臉瞬間漲紅。

「你早就過了說『長大後要娶姐姐當老婆』的年紀了吧？」聽到孔天強的話，孔天妙並沒有感到吃驚，畢竟孔天強的姐控症狀一直都很明顯。她還記得第一次帶男朋友回家的時候，孔天強各種挑三揀四、像壞婆婆嫌棄媳婦一樣的場景。

看著孔天妙的微笑和波瀾不驚的回應，孔天強感覺自己的心像被揪了一下，他想這大概就是所謂「失戀的感覺」吧。

但孔天強清楚地知道這並不是愛情，只是對孔天妙的依賴感和保護欲。

「你真的該交個女朋友了，明明長得這麼帥卻一直單身，如果你不是我弟弟，我真的會認真找男生介紹給你。」

面對這直白的話，疑似剛失戀的孔天強嘴角忍不住抽了幾下。

「如果要找老婆的話，我推薦這一位！」孔天妙指向璃：「雖然外表年輕，實際上年紀比我還大，是個老成的大姐姐，完全可以滿足你喜歡『姐姐』的欲望，而且還可以變成小蘿莉，兩個願望一次滿足，是男人的夢想喔！」

笑抽的璃突然被拱了出來，先是愣了一下，接著迅速收起笑臉，一臉正經地爬起來，向孔天妙欠身。

「雖然是妙妙的提案，但咱拒絕。」

剛失戀就被調侃，被調侃後又被妖怪打槍，孔天強的臉色變得更加難看，甚至有種想縮回房間好好靜一靜的衝動。

「小璃，別這麼快拒絕嘛！」看到孔天強被打槍，作為姐姐，孔天妙試著幫他補一點分數：「你看天強長得這麼帥，打架也比其他男人強很多，這樣有什麼不好嗎？」

「咱才不會喜歡一個一直叫咱滾蛋的傢伙。妙妙，汝知道這傢伙跟咱講話通常就是兩句，『滾』和『快滾』。」璃毫不避諱地對著孔天強做了個大鬼臉，讓孔天強的額頭瞬間布滿青筋。

「而且咱從沒見過這麼蠢的人，方才明明是他挖洞給咱跳，結果反而被咱推進自己挖的洞裡了。」

「但如果和他結婚的話，就可以每天吃他做的飯菜喔？」

「喔？這時代的男人也會下廚做菜啊？」璃一臉不可思議地說道，接著上下打量孔天強好幾眼，最後居然咯咯地笑了起來。

「咱看這蠢驢，做的飯菜一定不比妙妙做的好吃，咱沒興趣。」

「妳錯了，天強做的飯菜比我做的還要好吃。」孔天妙得意地說道，明顯因為有個會做菜的弟弟而感到自豪。璃看得出來她並沒有說謊，這讓璃不禁好奇地晃起尾巴。

「因為以前都是我出任務，他就負責做飯等我回來，他烹飪的經歷至少多我一倍。而且天強不只做菜好吃，還會做各種異國料理喔！」

「異國料理……」聽著孔天妙的形容，璃雖然不清楚什麼叫做「異國料理」，卻有種莫名的期待，她尾巴不斷地甩呀甩，想像著那從未嘗過的美味，口水都流了出來。

看著不斷推銷著弟弟的孔天妙，孔天強的心情五味雜陳。

飯菜好不好吃是其次，他會努力精進自己的廚藝，全是為了看出任務回家的孔天妙能夠露出幸福滿足的笑容，這是那時弱小的他唯一能做的事，沒想到這項小專長卻被孔天妙當成推銷他的手段。

被這麼一提，孔天強突然想到自己很久沒有做菜了。他思索了一下，認為自己今晚應該做一頓好料，因為，他搞不好再也沒機會和孔天妙一起吃飯，沒辦法看見孔天妙滿足又幸福的笑容。

因為他即將成為通緝犯。

「而且，只要妳和天強在一起，就可以一直叫他買甜甜圈給妳吃，這樣不是很好嗎？」

「喔？」這個好點子讓璃瞬間豎直耳朵，表情就像發現新大陸一般，她露出可愛滿點的笑容，對著孔天強一拜：「小女子不才，還望官人多關照。」

孔天強盯著璃，那條不斷甩動的尾巴完全出賣了她，他知道眼前的狐狸精百分之百是為了吃的才會這樣講。

「所以就這麼決定了喔！」孔天妙轉頭對孔天強笑著說：「天強，我幫你找到可愛的老婆了，你可以盡情地用下流的眼神看她了喔！」

「我不可能愛上妖怪。」這齣鬧劇讓孔天強完全不知該如何是好，只能一再強調自己的堅持。

「真挑剔，你知道日本有多少男人想娶狐狸精當老婆嗎？」

「……我是臺灣人。」

「我的意思是，我幫你找的老婆很棒，很多人都想要，所以你要好好珍惜！」

孔天妙一邊說，一邊轉回原本的話題：「總之你快去準備一下，帶你未來的老婆去買衣服吧！然後順便去買清潔劑跟今晚要煮的菜，今天你來做飯，作為慶祝。」

孔天強看著璃一臉不情願的樣子，但為了避免自己做死，他只好沉默。

「聽懂就快動作，兩個人都是。」孔天妙像古代皇帝下聖旨一樣，讓兩人不能也不敢違抗。

璃從椅子上跳下來，不情願地拖著腳往外走，在經過孔天妙身邊時，突然被一把抓住，璃嚇得心臟差點停止，以為自己因為擺臉臭的關係要被修理。

「小璃，妳多久沒洗澡了？」孔天妙嗅了嗅璃身上的味道，雖然沒有特別重，但有一股明顯的酸味，她那條自豪的狐狸尾巴更不用說，濃濃的狐騷味不斷飄散出來，看來從孔天強把這小傢伙撿回來、孔天妙把她洗乾淨後，璃就再也沒有洗過澡。

「咱、咱是野獸，咱為何需要洗澡！」一聽到孔天妙這麼問，璃害怕得全身抖了起來。

狐狸這類有毛的野獸不愛碰水，因為身體濕透再吹風的話，可能會染上風寒，在野外一旦生病，就容易死亡或成為捕食者的獵物。所以出於生存的本能，璃當然不會主動洗澡。

「同樣的話我不會說第二遍喔！」孔天妙笑著說。

「咱、咱知道了啦！」面對這令人寒毛直豎的笑容，璃的尾巴上的毛瞬間抖掉了好幾根。嘴上這麼說，她心底還是極度不願意洗澡，因此決定祭出拖延戰術：

「但、但等咱和孔天強購物回來後再說……可以嗎？」璃一邊承諾，一邊祈禱晚點孔天妙就會忘了這回事。

——反正只要在那之前把尾巴舔到沒有味道就不會被發現了。真搞不懂人類，咱這狐狸身上有狐騷味不是很正常的事情嗎？

——大概……

「還有，孔天強，去喝養力精。」孔天妙回頭對著準備逃離現場的孔天強說道，他的身體瞬間一僵，然後默默地往冰箱的方向走去。

孔天強不懂為什麼原本的「建議」會變成「命令」，但他還是乖乖照做，避免遭殃。

孔天強苦著臉，一口氣喝完比他的臉還苦上百倍的養力精，期望這樣能讓苦味少一點。但那只是妄想，喝完養力精不到三秒，苦澀辛辣的味道立刻從食道往上爬，占領著口腔的每一個角落。那苦味讓孔天強差點忘記呼吸，他衝到廚房，拿起調味罐，不管是糖是鹽都往嘴裡塞，希望能減緩這難受的苦味。

看著孔天強的模樣，璃總覺得自己的嘴裡也有怪味，連忙嚥了口口水。但苦歸苦，這漢藥確實有奇效，不過幾分鐘，孔天強的臉色便好了許多，法力也開始在他身上流動。

璃用好奇的眼神盯著桌上的藥罐，雖然好奇，但一想到孔天強的樣子，她就算被剝皮也不想嘗試。

「小璃，妳想喝看看嗎？」孔天妙突然一問，璃趕緊大力搖頭。

「那就好，妳千萬不要想嘗試就真的拿去喝喔！那是專門給人類喝的，裡面有些成分是用符咒煉成，妖怪喝的話會有反效果。如果妳可以喝的話，早就拿給妳了，根本不需要費盡千辛萬苦取回妳的妖力。」

這讓璃更加堅定自己不會因好奇而去嘗試的決心，避免被苦死又被廢了渾身妖力。

又蘑菇了一下，孔天強和璃這才終於出了門。此時璃已經重新變成大人的模樣，藏起了耳朵和尾巴，並參考孔天妙的衣服變在自己身上。

變裝的過程中，孔天強提議只要讓璃變出衣服，就不用額外花錢，璃立刻附議，但卻被孔天妙徹底否決。

因為這樣璃就有理由「忘記穿衣服」，但如果是有實體的東西璃還是忘記，那到時候就可以用正當的理由好好地「教育」她，因此購買實體的衣服無庸置疑地很重要。

雖然投票結果是二對一，但最高主席具有絕對否決權，這無疑就是少數暴力。

一到停車場，璃隨即跳上機車後座，看著璃的舉動，孔天強已經懶得生氣了。他默默地坐到前座，發動機車，彷彿當初「絕對不讓妖怪坐上自己的車」的誓言不存在一樣。

改變外形的璃看起來就和人類沒什麼兩樣，所以她只能正常地坐在後座，無法用幾天前的奇葩姿勢趴在座位上。璃身上穿著參考孔天妙衣服變出來的薄T-shirt，但所有人都忘了內衣的存在，因此璃傲人的上圍幾乎只靠一層薄薄的布料遮蓋——

在停紅綠燈煞車的瞬間，慣性讓璃往前貼在孔天強的背上，孔天強注意到那異常的柔軟，他的後頸立刻冒出冷汗，加上璃不想被晃來晃去，因此不怕死地抱住他的腰，柔軟的胸部就這樣毫不掩飾地貼在他的背上。

雖然想把璃扔下車，但一想到孔天妙可怕的模樣，孔天強便不敢動手。但那份柔軟讓孔天強的腦袋不受控制地描繪出印象中的漂亮形狀，他的心跳越來越快，全身肌肉僵硬得連煞車都快按不住。

費盡千辛萬苦來到百貨公司，孔天強終於脫離「雖然讓人感到幸福，實際上卻是拷問」的地獄。在來的路上，好幾次都差點出車禍，所幸練武培養的反射神經和獵殺妖怪訓練出來的直覺，讓身體的反應比腦袋還要更快，他們才可以一路平安地到達目的地。

下車的瞬間，孔天強感受到一股難以言喻的解脫。

但他不知道，這其實才是地獄的開始。

「汝啊，出門時妙妙給了咱一張清單，咱完全不知道要去哪裡買這些東西。」

璃看得懂清單上的字，但詳細內容卻一竅不通，只能把清單扔給孔天強，順便把責任丟到他身上，屆時出了問題，她肯定不會是被罵最慘的那個。

孔天強接過清單，臉頰肌肉忍不住抽了幾下。

內衣褲十套（要包含可愛、性感和決勝的幾種，其他買普通的就可以了）

「妙妙說的內衣應該不是肚兜吧？咱剛剛可沒在妙妙的衣櫥看見任何肚兜。」璃一臉不解地歪頭：「還有，妙妙說的『決勝』是要咱們去和誰決勝嗎？」

孔天強已經有想回家躲起來的衝動了，但現實卻不允許他這麼做。

小洋裝三套（款式要不一樣，全部都挑一樣的我就揍人）

「洋裝為何需要三套？」璃蹙起眉頭，完全猜不到孔天妙的目的。

「洋裝不都長那樣嗎？要怎樣弄三套不一樣的？」

璃腦海中的洋裝是清朝來臺的紅毛番身上穿的衣著，那蓬蓬的裙襬和纖細的束腰穿了肯定會透不過氣，更何況要買三套。

T-shirt 五件（不准都買黑色素T，一定要能凸顯小璃的可愛）

這些事項和備註，讓孔天強忍不住懷疑這份清單根本是寫給他看的，因為孔天強的衣櫃裡滿滿都是黑色素T和牛仔褲，要不然就是獵殺妖怪時穿的風衣和緊身衣，完全沒有其他款式的衣服。

褲子五件（要有不同款式，包含短褲、牛仔褲、緊身褲，不准全買牛仔褲）

看到這裡，孔天強更加確定這是寫給他的清單，因為除了黑色素T和牛仔褲，他對其他服裝完全不懂，更不用說流行和時尚品味。

他真的放鬆得太早了，接下來才是地獄開端。

孔天強開始痛恨起自己對時尚完全沒有興趣這件事。

裙子五件（和褲子一樣，不准全部都買一樣的）

褲襪黑、白各兩雙

鞋子三雙（至少要有一雙高跟鞋，但不准全買高跟鞋）

看完整張清單，孔天強對化妝品和保養品沒有在清單上這件事情鬆了口氣，否則他回去肯定會被剝掉一層皮。

小璃是天生的模特兒，敢亂買衣服，回來就死・定・了♥

那個愛心符號在孔天強眼中，就像是通往地獄的路標，讓他不由自主地打了個冷顫。

他開始對接下清單這件事情感到無比後悔，有句話叫「不知者無罪」，他多希望自己是無辜的受害群眾。但現在已經來不及了，若是裝死，眼前好奇地東張西望的狐狸精肯定會出賣他。

不過孔天妙最後的「貼心小叮嚀」讓孔天強重新看向收起討人厭的狐狸尾巴和耳朵、怎麼看都像是人類的璃。

飄逸及腰的金色長髮、又圓又大的火紅雙瞳、小巧尖挺的鼻梁、朱紅的小嘴、白瓷般的肌膚和穠纖合度的傲人身材，孔天強忍不住覺得，只要璃不說話也不是妖怪的話，那自己肯定會愛上她。

但這終究只是假設而已。

璃身上那股不斷發散的狐狸氣息以及妖氣，讓完全沒有戀愛經驗、容易小鹿亂撞的孔天強完全沒了心動的感覺——

只要是妖怪，全都是他的敵人。

不管歲月如河流逝、時代怎樣變遷，即使妖怪能夠在太陽下正常過活的日子到來，他也不會忘記這份仇恨，不會停下獵殺妖怪的行為，因為他永遠忘不了那個夜晚。

若為妖怪，必殺之。

若不是孔天妙的存在，他早就無視法律、瘋狂地獵殺妖怪。

若不是存在法律規範，他早已將臺北的妖怪屠殺殆盡。

至今仍抱持著這樣的想法，但孔天強卻不知道自己已經不知不覺間有了改變。

「汝啊，若是有頭緒的話，咱們就快走，別在這裡拖拖拉拉。」

孔天強的表情稍微扭曲了一下，他完全想不透自己究竟哪裡表現出「有頭緒」

的樣子。而且事態的發展和他一開始想的不一樣，孔天強原本打算讓璃自己去買東西，他去附近咖啡店等她的。

「咱們走吧！」璃拉著孔天強的手，把孔天強往百貨公司裡拖。

出乎意料，孔天強並沒有嫌惡地把手甩開。

FOX SPIRIT

>>> Chapter.3_ 接受殘酷拷問的妖怪獵人

進到百貨公司，一陣涼風撲面而來，強烈的溫差讓璃打了個冷顫，接著一臉好奇地東張西望，想找出這感受不到任何法力妖氣、卻源源不絕吹來涼風的來源。如果此刻她露出尾巴，肯定已經甩了一地的狐狸毛。

「孔天強，這寒風從何而來？妖怪會也有這樣的冷風，但那時四處都是妖氣，咱還以為是哪個妖怪正在讓大家涼快呢。這裡明明沒有妖氣，卻有相同的涼風，汝能告訴咱嗎？咱很好奇！」

孔天強冷冷地看了她一眼，完全沒有回應的打算，他知道這與世隔絕兩百年的狐狸精肯定有一肚子問題，如果回答一個就肯定會有下一個，那還不如一開始就讓她吃閉門羹，她就會乖乖閉嘴了。

不過孔天強的如意算盤卻沒有成功，雖然他拒絕回答、一副冷淡的模樣，但他平常就是這個樣子，璃已經非常習慣，因此她無視孔天強的反應，一直不停地詢問，一張狐狸嘴不斷動著，只要看到什麼稀奇的就開口，甚至連假人模特兒都成為問題的目標。

「汝啊，咱都已經耗費這麼多口水，汝居然真的一個字都不回咱。」

「喔。」確確實實的一個字，確確實實的回應。

「哃——哃——」璃瞪著孔天強，鼓起臉頰、手握起拳頭，她感到十分不爽，忍耐到極限後終於爆發。即使對手是殺妖不手軟的妖怪獵人，璃也耐不住地撲到孔天強身上，用力地一口咬住孔天強厚實的肩膀，但人類形態的璃嘴巴太小，完全咬不住，只留下一個齒痕和大量的口水。

即使如此，璃還是非常滿足。

「呸，這次就先放汝一馬。」

孔天強的額頭冒出青筋，轉頭看向肩膀上的齒痕和那濕漉漉又有點黏稠的詭異觸感，讓他有種幹掉璃的衝動，就算不能做掉她肯定也要揍她幾下，可惜現在人聲鼎沸，他沒有辦法下手。

看著孔天強氣呼呼的模樣，璃更加得意了。

「汝不服氣，咱也讓汝咬啊！」說著，璃把手伸到孔天強面前，她篤定孔天強不會真的咬才敢如此大膽，挑釁地對孔天強做了一個大鬼臉：「汝活該，這全是汝不理會咱的報應。」

孔天強暗自下定決心，如果逮到機會，一定要弄死這隻狐狸精。

不過兩人完全沒有注意到，因為孔天強和璃的外貌都十分出眾，所以一進到百貨公司，兩人就一直是許多人注目的對象，方才「拌嘴」時，璃那可愛的舉動更是迷倒許多人，而孔天強穩重的行為也讓不少女孩傾心，不管從哪個角度來看，都像是成熟男友陪調皮女友來逛街。

孔天強和璃首先來到內衣專櫃，之所以先選這裡，是他相信只要度過最難的關卡，那麼其他的肯定都是小事。

但他才發現，這關卡可能比聖母峰還要高。

五顏六色、各種款式的內衣褲整齊地排列在專櫃上，琳瑯滿目的商品讓孔天強瞬間恐慌起來，他這才發現，平時不經意路過的地方如果仔細觀看，居然會讓人這麼不知所措。雖然只是一堆普通的布料，卻讓人覺得分外煽情，特別是蕾絲或薄紗的款式更是色氣十足，孔天強忍不住嚥了好幾口口水，有種想立刻離開現場的衝動。

「汝啊，這真的是穿在身上的嗎？」璃一臉疑惑地拎起一件白色內衣，看向孔天強：「這東西是要怎麼穿？這麼少的布料和裸體有什麼區別？」

璃的問題瞬間吸引了其他人的目光，這狐狸精完全不懂什麼叫做低調，總像是怕孔天強聾了一樣地大聲提問。專櫃裡的顧客瞬間將目光看向孔天強，身為裡面唯一的男性又被這麼「熱情」地注視著，孔天強的臉頰越來越燙、越來越紅——

「汝啊，怎麼了嗎？為何突然像是醉鬼一樣，臉頰這麼紅？」璃盯著孔天強數秒，看著他奇怪的反應，璃瞬間明白原委，露出調皮的笑容，故意將手上的內衣湊近孔天強：「汝該不會是在害羞吧？不就是塊布而已，汝為何感到羞恥？」

「少囉嗦。」孔天強低吼一聲，轉身尋找專櫃小姐的身影，朝對著對方喊道：

「可以幫她挑一下內衣嗎？」

「汝啊，還真是沒用。」

「嘖。」

專櫃小姐馬上走過來要替璃服務，剛剛璃的態度囂張跋扈、完全不顧他人目光，但專櫃小姐一來，她突然感到有些害怕，就像第一次見到孔天妙那樣。

她調皮的笑臉消失，緊張地嚥了口口水，火紅的眼睛緊盯著專櫃小姐，這是她第一次接觸孔天強和孔天妙以外的人類。雖然已經漸漸習慣人類世界的生活，但面對初次見面的陌生人，璃那謹慎的狐狸天性又冒了出來，特別是專櫃小姐的手上還拿著皮尺，看起來像繩索一樣的東西讓璃更加緊張，令她想起非常不好的回憶。

孔天強看向揪著自己衣角的璃。

璃撇過頭去裝作沒這回事。

專櫃小姐對眼前這對情侶的互動感到有些奇怪，但她沒有多想，而是先問了璃罩杯大小等基本問題。璃緊閉著嘴巴不敢回應，也不願意表明自己根本聽不懂對方在說什麼，只是緊戒地盯著那條皮尺。

孔天強只能請專櫃小姐替她現場測量，一看到繩子要往自己身上套，璃立刻發出劇烈的尖叫，飛快地躲到孔天強身後，接著再次探出腦袋，緊盯著服務人員。

生怕出什麼狀況，孔天強低聲警告璃不准露出耳朵和尾巴，而璃也努力地用那僅存的理智忍耐著。

「小姐……」專櫃小姐困擾地看著探出半個腦袋的璃，不知所措地看向孔天強，她做這一行資歷不深，還是第一次見到這麼奇怪的顧客。

「她怕生。」孔天強說道，迅速轉身抓住璃的後頸，揪著她的脖子把人推到專櫃小姐面前。

「量。」

「呃……」專櫃小姐看璃一副快哭出來的樣子，雖然有點同情，但為了完成工作，還是溫柔地說道：「請把手舉高……」

「咕咕——」璃緩緩地把手舉高，因為緊張，全身的肌肉就像被打了僵化針一樣僵硬，還不斷從喉嚨發出怪聲，所幸專櫃小姐手腳十分俐落，不到一分鐘就把數據測量完畢，璃才漸漸地冷靜下來。

E罩杯，這是最後測量出來的結果。

璃不明白專櫃小姐到底在說什麼，轉頭向孔天強詢問，孔天強也尷尬得無法開口跟她解釋，只能一如往常地用沉默回應。

「小姐，請問妳對款式有什麼需求嗎？」專櫃小姐看著眼前莫名其妙的客人，決定問得仔細一點，避免拖太長時間，她現在只想快點把這對奇怪的客人送走。

「款式……」璃看孔天強似乎不想回答，只能從他手中搶過清單，然後大聲朗讀上面的內容：「咱要包含可愛、性感和決勝的幾種，其他買普通的就可以了，然後一共要十套！」

璃的舉動讓孔天強瞬間僵住，他沒料到璃會直接把內容念出來，專櫃小姐也跟著愣了一下。

不過，身為專業的服務人員，面對這樣奇怪的客人，她還是用最快的速度反應過來，接著開始依據璃提供的條件挑選內衣。

孔天強原本想出去避一避，才一挪開腳，璃立刻死命地抓住他的手，孔天強拚了命地甩手，不過璃就是鐵了心要孔天強留下來，像口香糖一樣死死黏住，完全甩不掉。

所幸這酷刑沒有持續太久，專櫃小姐高效地挑了夢幻可愛的蕾絲內衣褲三套、火辣性感的薄紗內衣褲三套、讓人心動萬分的決勝內衣褲一套和普通素面的內衣褲三套。

「結帳。」孔天強立刻掏出信用卡，他已經被折磨得聲音憔悴，一個大男人在內衣專櫃裡走來走去，還不時被其他客人投以好奇的目光，簡直就是酷刑，現在他只想快點結帳走人。

「等、等一下，不先試穿看看嗎？」專櫃小姐看孔天強結帳速度飛快，出聲提醒道：「雖然是照尺寸挑的，但還是試穿一下比較好喔？」

這聽起來十分有道理的建議讓孔天強差點崩潰。

「呃，剛剛一直有點在意，先生，你的女朋友……」服務小姐在璃進了試衣間後，開口向孔天強提出她一直十分在意的問題：「是不是沒有穿內衣？」

面對這突然的問題，孔天強的腦袋以比平常快三倍的速度開始運轉，他知道這個問題不可以隨便回答，也不能不答，必須想出一個對方不會懷疑的答案才可以。雖然他很想否認自己並不是她的男朋友，但這不是優先事項，而且否認了肯定又有更多問題要解釋。

「……她在國外長大，是剛回國的混血華僑，所以有的時候聽不懂中文。」

想了老半天，缺乏想像力的孔天強只能想到這個答案，同時在心底祈禱璃快點從更衣室出來，這大概是他這輩子第一次這麼想見到那隻該死的狐狸精。

「她漂亮的金色頭髮看起來也不像染的，跟我猜的一樣呢。」專櫃小姐輕輕地笑了起來，孔天強鬆了口氣，沒注意專櫃小姐正一邊偷偷地瞄著他，一邊抱怨著世上真有這種俊男美女的組合、老天真是不公平之類的。

「不過國外還真開放呢，居然都不穿內衣。」

「……嗯。」孔天強僵硬地點了點頭，他沒有去過國外，只能點頭附和，所幸專櫃小姐沒有發現任何異常，欣然地接受了這個答案。

「汝！」就在專櫃小姐想再跟孔天強閒聊幾句時，他的祈禱大概被上天聽見了，試衣間的門被霸氣地拉開，但與此同時，他又開始後悔自己的祈禱，並衷心希望這鬧事的狐狸精可以馬上消失。

眼前的璃正光裸著上半身，一手拎著內衣，一臉苦惱地對著孔天強說：「這樣的設計究竟要如何穿上？咱不會，汝還不快來教教咱！」

孔天強瞬間石化，在場的客人們也全部呆若木雞。

璃線條優美的身軀毫不掩飾地暴露在燈光下，就像展示在美術館的藝術品一樣，姣好的身材、白皙的肌膚，加上閃閃發光的金色髮絲巧妙地遮住兩點，讓她看起來像極了波提且利〈維納斯的誕生〉裡的維納斯。

「可以幫她嗎？」孔天強瞥開視線，聲音裡充滿無盡的疲倦，他真的累了，還差點跪了。

「汝不看著咱，這樣要咱怎麼辦啊？」璃氣得跺腳，對著孔天強叫道：「汝再不幫咱，屆時妙妙究責，咱一定說都是汝的錯！」

「小、小姐——」看著璃一副要衝出來的樣子，專櫃小姐立刻衝進更衣室，迅速把門關上。

「我來幫妳！」

「汝、汝衝進來要做什麼！咱問的是外頭那蠢驢啊！」裡頭傳來璃的尖叫和牆壁的碰撞聲，璃顯然被突然衝進去的專櫃小姐嚇到，進而開始反抗掙扎。

「汝、汝別拿東西往咱的身上套！咱不喜歡！咱非常非常不喜歡！救、救命啊！孔天強，汝再不進來救咱，咱一定會失控！快點救咱！咱以後一定會分汝甜甜圈！半個……不，一個！兩個好了——」

聽著璃歇斯底里的尖叫，雖然周圍群眾的視線有點刺眼，孔天強心裡卻非常舒暢。他一點都不擔心璃會因此暴走，畢竟這樣她回去就沒辦法對孔天妙交代，所以他決定無視璃的哀求，堅決不進去救人。

「咦？要這樣穿？咱還以為汝要勒死咱……原來如此，咱懂了，不過現代男人都喜歡這種的嗎？」沒過多久，璃平復了下來，有點沙啞的聲音卻依然大嗓門地實況著試衣間裡的情況。

外面的孔天強聽見璃的問題，突然有種不好的預感。

果不其然，更衣室的門再次被粗魯地拉開，璃一臉驕傲地雙手扠腰，愉快地展示好不容易穿上的內衣。孔天強看見專櫃小姐滿頭大汗地靠牆喘著氣，一副快要升天的模樣，真是讓人忍不住敬佩服務業的艱辛。

「孔天強，汝也喜歡這種的內衣嗎？」璃獻寶似地轉了一圈，接著向孔天強拋了個媚眼：「咱這樣夠『性感』吧？」

璃身上穿的是決勝內衣，基本上就是幾條繩子和黑色薄紗構成的款式，除了繩子巧妙地遮住重要的兩點外沒有其他裝飾，雪白的肌膚覆蓋著有層次感的黑色薄紗，渾圓的胸部被擠壓出一條誘人的事業線，讓璃看起來更加地嬌媚。

孔天強覺得這根本就是酷刑，他完全不知道眼睛該往哪擺，只能僵硬地把臉別開。

「汝啊，咱可是穿了新衣裳，汝居然連看都不看一眼，一點禮貌都沒有。」

璃哼了幾聲，本想走出去和孔天強理論，卻立刻被專櫃小姐拉住。

「這不是穿在外面的裝扮?真搞不懂，既然如此幹嘛要穿?」

面對璃的提問，專櫃小姐不知道該怎麼回答，畢竟穿著貼身衣物對人類來說理所當然的常識。專櫃小姐以接近逃跑的速度離開試衣間，把門關上，裡頭的璃沒有得到答案，只能氣憤地跺了幾下腳，接著把變出來的上衣重新穿上，才走了出來。

直接穿著新買的內衣很不衛生，但璃並不怎麼在意，再怎樣髒總不可能髒過外頭的泥巴地。只是沒有得到問題的答案也沒有得到孔天強的感想，她鼓著臉頰走出試衣間，如果此時尾巴能夠放出來，肯定會不爽地四處敲打。

內衣非常地合身，所以其他款式也沒必要再試了，這次專櫃小姐選擇沉默，孔天強也不想多說什麼，兩人素昧平生，此刻都想讓璃這個麻煩精立刻離開。

於是，孔天強和專櫃小姐非常有默契地完成結帳，孔天強填好地址，請專櫃把東西寄到家裡後，拉著璃快速離開專櫃。

「汝真是無禮的傢伙，咱好不容易穿了新衣裳，汝卻連誇讚咱都不願意。」好不容易離開內衣專櫃，璃卻一路叨念，直到孔天強真的變臉才閉嘴。

接下來的十分鐘，兩人氣氛僵硬地坐在椅子上，路過的群眾因為這詭異氣氛而不敢踏入他們半徑十公尺內的範圍。

不過生氣歸生氣，兩個人都知道必須買齊衣服才能回去，因此兩人只好一同起身，默默地繼續購物。

璃一開始不怎麼想穿衣服或買衣服，但在發現現代的衣服遠比以前還要好看、款式還要多樣之後，這狐狸精居然越逛越起勁，還迅速發展出自己的審美觀，這讓孔天強原先預計一小時就可以結束的購物行程，硬生生被延長到三個小時。他完全不明白，一件衣服為何可以對著鏡子連續換不同的角度照個好幾輪。

就在把東西請服務臺寄回家後，孔天強打算快點把真正要買的必需品買完，迅速回家。

但就在一這麼想的瞬間，他感覺到一陣異常。

——有妖氣。

突然地，一股妖氣瀰漫了整個樓層，孔天強和璃不約而同地對視一眼，璃明白孔天強的意思，也知道依孔天強的個性，就算孔天妙要他別管他肯定也不會聽，因此她只能依據約定給予協助。

璃透過敏銳的嗅覺，立刻搜尋到氣味的來源，這無疑幫了孔天強一個大忙，如果只有孔天強一個人，他只能逐一搜索，恐怕花三十分鐘都還找不到。

地點是樓梯間。

推開厚重的防火門，兩人立刻意識到這裡是妖怪空間，孔天強的眉毛緊蹙，這很明顯不合常理，正常的妖怪空間不可能設在這種人來人往的地方，就算這裡是較少人走動的樓梯間，但被發現的風險依然相當高，挑選這個地點，感覺就像是故意挑釁一樣。

其可能原因有二。

一，對方是強大到完全不怕妖怪獵人討伐的大妖怪。

二，這是衝著他們設置的陷阱。

孔天強很清楚，自己的仇人數量眾多，敵人故意設陷阱的可能性非常高。

「汝真的非進去不可？咱覺得這可能是個陷阱。」璃看孔天強一點猶豫都沒有地就要往裡面走，立刻揪住他的衣角，望著他說：「其實汝可以不用管吧？這種吃力不討好的事情，可能還會受傷，汝這樣豈不是又要讓妙妙擔心？」

原本以為只是小妖怪灑的餌，一看到妖怪空間，璃卻覺得事情可能沒有想像中那麼簡單，在不知道對方底細的情況下，貿然行動有可能是死路一條。璃也推測這是敵人設下的陷阱，才會試著阻止孔天強。

即使知道這樣並沒有太大的作用。

「不能放著不管。」孔天強瞥了璃一眼，甩開她的手說道：「如果這是獵食用的妖怪空間，有人進去就糟了。」

「咱也猜是這樣。」璃嘆了口氣，接著開始將身上新買的衣服一件一件脫下，這突如其來的脫衣舉動，讓孔天強當場愣住，臉頰不知不覺地泛起微醺一般的緋紅。璃發現了，臉上立刻浮現調皮的笑容：「喔？汝該不會是對咱脫衣服這件事感到害羞？還是感到興奮？」

看著璃惡作劇一般的笑容，孔天強別過頭去。他不明白璃這裸族小公主明明只是把衣服脫了、回到全裸的姿態，動作卻看起來卻情色意味十足。

「汝若是真想看的話，咱可以再脫一次給汝看吶——但是有交換條件，以後咱穿衣服的時候汝必須誇讚咱，給予咱評價。」璃顯然對孔天強剛剛沒有誇獎自己這件事情感到非常在意，但孔天強此刻只想該如何教教這不知羞恥的狐狸精「羞恥」兩個字要怎麼寫。

「汝怎麼用這種眼神看咱？汝該不會以為咱是藉故把衣服脫掉吧？這麼麻煩的事情咱才不想浪費時間跟力氣呢！咱是怕弄髒衣服才脫的……汝可別動什麼歪腦筋啊，雖然妙妙已經把咱許配給汝，但沒成親前不准洞房啊，相公。」

孔天強懶得理會璃的調侃，轉身走進妖怪空間。

孔天強的反應讓璃自討沒趣，只能打住話題，她彈出耳朵和自豪的尾巴，跟在孔天強的後面走了進去。

妖怪空間裡一片漆黑，如果沒有淨妖火焰微弱的照明，肯定伸手不見五指，但這種程度的黑色火焰能夠照明的範圍有限，只能讓人勉強看清腳步，因此孔天強每踏出一步都異常謹慎。

其實孔天強可以利用方術來當作光源，但這趟行程一開始只是單純地購物，所以孔天強帶的符咒不多，僅有的幾張符咒只能拿來作為攻擊使用。幸好出門前，孔天妙堅持要他喝養力精，因此孔天強還勉強有基礎的戰鬥能力。

孔天強此刻和半個瞎子差不多，但璃卻完全沒有這個問題。

原本就是野獸的璃非常習慣黑暗，能在黑暗中自由行走，完全不受限制，還一邊偷偷嘲笑小心翼翼、看起來像瞎子的孔天強。

透過微弱的光線和野獸的眼睛，兩人知道這個妖怪空間是枝葉繁茂的森林，濃密的植物讓任何一點光線都透不進來，加上整個空間都充滿濃厚的妖氣，不知不覺，孔天強和璃漸漸失去了方向感。

其實迷路也無所謂，只要打倒妖怪空間的主人，整個空間就會瓦解。

不過，找到妖怪空間的主人就是兩人此刻碰到的難題。這個空間實在過於巨大，能夠躲藏的地方不可勝數，加上整個空間充滿了妖氣，兩人搜索十幾分鐘依然毫無斬獲，而創造出空間的妖怪似乎也沒有現身的打算，讓事情變得有些棘手。

「不用想，咱們肯定中套了。」璃突然雙眼一瞇，接著咧嘴一笑，狐狸尾巴輕快地甩了起來，她已經想到了解決方案，不僅可以一舉殲滅敵人，還可以測試自己的妖力回復到什麼程度。

但她沒有直接提出意見，而是拐彎抹角地說：「汝打算怎麼辦？」

孔天強沒發現璃的異樣，反而認真地思考起來。

孔天強的經驗告訴他這種情況是最危險的，不知道是怎樣的妖怪、不知道對方的招數，還隨時都有可能被偷襲。

「其實咱可以把這裡全燒了喔。」璃看著完全沒頭緒的孔天強，立刻抓緊機會提出意見，輕輕地晃起尾巴。

璃的提議讓孔天強蹙起眉頭，於是她再次用非常理所當然的語氣說道：「咱最討厭小家子氣的戰鬥了，打架若是直來直往、不耍什麼心機，打起來豈不是非常爽快？所以咱的提議乾淨俐落，這把火不僅能燒掉這片森林，還能毀掉敵人的陷阱，逼敵人出來正面對決，豈不是一舉三得？」

璃平時工於心計，但戰鬥時卻十分粗野狂放，能夠俐落解決，絕對不拖泥帶水；能夠立即讓對方喪命，絕不手下留情，戰鬥方式異常直截了當。

「燒。」思考了一下，孔天強如此說道。這確實是引蛇出洞最快的方法，還可以順便看看這狐狸精的實力回復到什麼程度。

「汝都開口了，那咱就不客氣了。」璃咧開嘴一笑，並巧妙地把責任全都轉移到孔天強身上，接著彈了下手指，腳下立刻出現一個有六層結構的火紅色妖術陣，讓孔天強瞬間瞪大了眼。

妖術陣類似方術陣，主要的差別在於結構的複雜程度，方術陣經過改良，所以易於發動且較為精良，而妖術陣沒有任何加工，是最原始力量的展現，因此一層結構的方術陣和兩層結構的妖術陣威力差不多，這樣換算下來，璃此刻使用的是有三層方術陣等級的妖術，和孔天強的實力差不多，用機構的標準來分類，大約是乙級妖怪。

孔天強突然意識到一件事情。

此刻的璃只回收三分之一的妖力就已經有與孔天強差不多的實力，甚至可能更強，若是讓她回收所有妖力，肯定有甲級妖怪以上的水準，是真正的大妖怪。

這讓孔天強開始猶豫起幫璃回收妖力這件事情。

「不過汝啊，咱可是好心幫忙，但汝說話總是那麼簡短，多說幾個字會要汝的命嗎？」面對孔天強簡單敷衍的回應，璃忍不住抱怨幾句，並甩起尾巴表達不滿，冷哼一聲後，她那條金色的尾巴末端冒出了一叢明亮的狐火。

「五行，一曰水、二曰火、三曰木、四曰金、五曰土，詔火。」

隨著咒文，妖術陣如同呼應著璃一般，泛出更加強烈的紅光，接著火星開始從妖術陣的線條中飄出，在黑暗中如同螢火蟲一般地美麗耀眼。不知道是因為妖術陣的火光還是使用妖術的關係，璃那對本來就漂亮的火紅雙瞳更添一層焰紅的迷濛，讓她看起來多了幾分嬌媚，莫名地具有吸引力，讓原本注視著璃的孔天強立刻緊張地把臉別開。

但下一秒，孔天強又把視線放回璃身上，因為他意識到璃念的不是普通咒文，而是古咒文。在現代已經幾近失傳、能讓法術威力提升數倍的古老咒法，若不是孔天強對五行稍有涉略，恐怕還不會發現。

古咒文，相較於現代常用的符咒文威力更加強大，通常會引用古書中的文字並加上施咒者自己的理解，以具有古老力量的古代語言當作媒介強化法術。但施咒者須要具備大量的古文知識，且發動速度較慢，如今才會被只需要燃燒符咒就能施展的符咒文取代。成為妖怪獵人至今，孔天強只見過臺南羅家的妖怪獵人使用，這還是第二次看到有他人使用。

「有聖人作，鑽燧取火，以化腥臊，而民說之，使王天下，號曰燧人氏。」

在念完咒文的同時，妖術陣的線條瞬間化成火焰，更加強烈的火光照得整座森林如同白晝，因為「火之王」的緣故，火焰的力量被徹底地激發出來。

同時，潛伏在森林裡、妖怪空間的的主人也終於現形，一個看起來年約三十、身高起碼有兩公尺的高大女人突然出現在距離兩人兩百公尺遠的地方。這場大火不僅逼得妖怪現身，就連布署在森林的陷阱也被照得一清二楚。孔天強發現，只要再往前幾步，他一不小心就會踩中其中一個陷阱，雖然不清楚陷阱的內容，但肯定是能夠致命的玩意。

一看到那妖怪的真面目，孔天強頓時知道對方是什麼了。

林投姐，一種擅長用計謀把人吊死的妖怪。

璃雖然可以看清楚陷阱，也不害怕敵人的偷襲，但一直找不到敵人的蹤影，才會讓兩人的搜查停滯不前。不過對方也太大意了，林投姐沒有料到璃可以使用這麼強的妖術，所以大大方方地站在前方，等待孔天強踩中陷阱，準備一口氣吊死他，結果卻被璃的妖術一舉破陣，直接將自己給暴露出來。

看著熊熊的炙熱火光和璃那調皮的笑容，林投姐一時間不知道該如何反應，原以為可以順利地結束暗殺，沒想到卻被反將一軍。

——想和咱鬥心機，汝還早了兩百年！

「凡有四端於我者，知皆擴而充之矣，若火之始然，泉之始達。」璃一邊念著咒文，一邊緊抓住一看見妖怪就要衝出去的孔天強，接著緩緩地舉起手臂指向林投姐，一臉輕鬆地說：「讓汝看看咱狐火的威力！」

隨即，妖術陣噴出炙熱火焰，以璃為中心向四面八方擴散，四周的樹木立刻燒了起來，轉眼間化成了一片火海，完全阻斷了林投姐逃走的去路，此刻唯一安全的地方，就是璃的身邊。接著火焰開始匯聚，瞬間在璃身後形成一隻巨大的火焰狐狸，火焰狐狸對著林投姐一聲嘶吼，便朝她飛奔而去。

「汝啊，燒成灰燼吧！」

想逃也來不及了，林投姐只能眼睜睜看著火焰狐狸朝自己衝來，在這最後一刻，後悔著自己的不自量力，接著便在高溫之下化成灰燼。

看著這可怕的破壞力，孔天強忍不住皺起眉頭，一邊對應不應該替璃找回妖力更加猶豫，一邊慶幸著璃已經徹底被孔天妙的料理征服，沒有變成企圖作亂的邪妖，否則現在的自己一定不是對手，這強大的破壞力肯定會讓他陷入苦戰。

林投姐一死，整個妖怪空間開始潰散，璃彈了下手指，被她召喚出來的妖術陣和狐火頃刻間消散，彷彿不曾存在過一樣。

「結束！」璃雙手扠腰，一臉得意地對孔天強說道，同時對自己方才的成果感到相當滿意，她的力量並沒有因為太久沒使用而生疏。

「剛剛施展完那樣的大型法術，咱餓了。」

孔天強看著璃期待的眼神和不斷搖晃的尾巴，他知道璃正在暗示著自己，雖然很想直接無視這不知好歹的妖怪，但不可否認，她剛剛確實幫了很大的忙，若不是她，孔天強現在肯定還在找尋那潛伏暗處的妖怪，這下一口氣省了不少時間。

「只能一個。」

「唔——」璃馬上朝孔天強伸出手掌，很明顯是要五個甜甜圈。

「咱剛剛可是出了不少力，又或者說，方才都是咱在出力啊！」

「……兩個。」孔天強睨著璃，冷冷地說道。

「唔——」璃嘟起臉頰抗議。

「不買了。」

「咱、咱知道了啦！」看到孔天強轉身要走，璃只能妥協，否則她連一個甜甜圈都吃不到。

「兩個就兩個，汝這小氣鬼，最好給咱記住！」

「再吵，一個都沒有。」

「嘁。」璃嘟著嘴，像小孩子一樣一臉不開心，不過既然有得吃了，那也就沒什麼好嫌棄了，反正晚點再找機會凹一盒就好。在心裡打著算盤的璃正要拉開防火門，卻被孔天強給攔了下來，璃更加不開心了，沒好氣地看向孔天強：「汝又要做什麼？」

「穿衣服。」

「嘁，就說人類真是麻煩。」璃嘟囔著，一邊轉身把衣服穿上。

最後璃還是靠著小聰明，順利拐到了一盒甜甜圈。

做法其實很簡單，就是先一步的衝到賣甜甜圈的地方，迅速點了一盒的甜甜圈，然後拿了就走，這樣孔天強不得不買帳，只能忿忿地付錢。

不過，這次璃決定好心地分孔天強一個巧克力的甜甜圈。

FOX SPIRIT

>>> Chapter.4_ 從狩獵者變成被狩獵者

「好久不見了，黑影。看來你從『吊死』手中活了下來呢，真不愧是親愛的。」

買完甜甜圈準備離開時，正在前往地下停車場的孔天強被突然叫住，這熟悉的稱號讓孔天強瞬間繃緊神經，不斷向四周張望，他完全沒有察覺到任何妖氣和殺氣，但下一秒，空氣中飄來一股熟悉的香水味，孔天強隨即就知道對方是誰了。

循著味道飄來的方向，孔天強在休息區見到了百合香水的主人，她是一個穿著白色小洋裝的漂亮女人，一和孔天強對上視線，便對他投以迷人的笑容。

這迷人的笑容讓周圍其他男人多看了她好幾眼，但孔天強的臉色卻變得更沉。

同樣是美人，成年的璃是可愛中帶著淘氣的美，而那女人則是顯得清純又有些嬌弱。雖然外表看起來和鄰家女孩無異，卻有著一對勾人的眼睛和莫名嬌媚的笑容，比起璃，這女人給人的感覺更像傳說中的狐狸精。

女人的美麗讓男人們丟了魂，但孔天強非常清楚，眼前的女人看似清純，實際上卻是嬌美中帶著足以讓人致命的劇毒。

孔天強盯著她，女人笑了笑，用她那點綴著美人痣的左眼向孔天強拋了個媚眼，然後起身往逃生梯走去，孔天強見狀立刻跟了上去。

「汝要去哪！」璃看著孔天強跟隨著不知道哪裡冒出來的女人離開，立刻揪住他的衣服：「汝是發情了嗎？見到雌性就跟著屁股跑！」

「閉嘴。」孔天強瞥了璃一眼，冷冷地說：「別亂說話。」

「汝這態度，汝該不會是喜歡這種類型的女人吧？汝可別忘了妙妙已經將咱許配給汝了，咱這正宮絕對不同意汝納妾！」說著，璃拉著孔天強就要往反方向走：「比起那種野女人，快點回去吃甜甜圈比較重要！」

「她比較重要。」孔天強甩開璃的手，然後快步跟了上去。

「可惡，究竟是哪裡來的臭狐狸精，居然敢妨礙咱吃甜甜圈……」璃一臉不悅地盯著女人的背影，事到如今，她也只能跟著走了。

「妳才是狐狸精，她是人類。」

「咱知道!不過!只要和咱的甜甜圈搶時間的人!或是搶走咱甜甜圈的人!都是!狐!狸!精!」璃斷斷續續地說著,她已經受不了甜味的誘惑,開始往嘴裡塞著甜甜圈。

「別自己罵自己。」

「嘖。」

一人一狐跟著女人走樓梯間,女人早有準備,事先布置了驅人的結界,讓沒有受到術者認可的人無法進到這裡,是一個適合談私事的場所。

孔天強正要開口,女人突然轉身撲到孔天強身上,不斷用臉磨蹭孔天強的胸口,一臉幸福地發出怪笑,還刻意地不斷把胸部往孔天強身上擠,手不安分地撫摸著孔天強的屁股。孔天強受到這樣的挑逗和誘惑,臉上卻沒有任何高興的神情,女人的香水味也讓他很不舒服,但女人抱得死緊,就算想把人推開也十分艱難。

「汝真的喜歡這樣的騷女人?」璃察覺到孔天強的困擾,為了報剛剛的仇,她一邊咬著甜甜圈一邊刻意地說：「真是看不出來。」

「沒有。」

「真的？」

「沒有。」孔天強繃著臉再次強調。

「那汝快點把她扒開，這女人的氣味讓咱非常不舒服。」璃說著，又扯起孔天強的衣服：「而且剛吃完甜甜圈咱有點膩了，想快點回去喝妙妙泡的茶。」

眼前推不走的女人和盧小小的狐狸精讓孔天強的額頭瞬間布滿青筋。

「滾開！」在孔天強開口前，女人先一步對著璃低吼，那對戴著瞳孔放大片的眼睛釋放出明顯的殺氣：「別妨礙我跟黑影獨處，死妖怪。」

「汝這半路殺出來的野女人，汝才該滾！」璃不甘示弱地回瞪，那對火紅的瞳孔看起來像是正在熊熊燃燒、下一秒就要噴出火來一樣。

「咱才不想管汝怎麼發春，但咱看汝這樣抱著這蠢驢，咱覺得不悅，還有汝身上的氣味，難聞得像熊大便一樣！」

「哎呀，真沒想到我家黑影的魅力連妳這區區的妖怪也懂啊？不悅？妳哪來的資格？去旁邊領號碼牌排隊吧！」

「孔天強，汝究竟是在何處招惹這腦子明顯有病的女人？」

「她也是賞金獵人。」孔天強瞪了璃一眼，沒有否認懷裡的女人腦子有病，同時他抓住空隙，一把將女人推開，迅速拍掉身上屬於那女人的頭髮。

「代號『黑寡婦』。」

「黑寡婦？」璃瞪著大眼，歪著頭，小小的狐狸腦袋在記憶中搜索著這似曾相識的名字，然後馬上就有了答案。

「是上次那名為『笑容先生』的男人說什麼哈汝哈得要死的女人？」

聽到璃說得這麼直白，孔天強又瞪了她一眼，雖然這說法沒錯，但絕對不能在當事人面前提起，看著璃嘴角的笑容，孔天強知道她是故意的。

黑寡婦就是先前笑容先生提過、要孔天強找來當幫手的人選，她雖然外表清純，狩獵方式卻是專挑男性目標下手，把對方騙上床後，趁翻雲覆雨之際，把目標剁成肉醬，有些有藥用價值的妖怪甚至還會被她削下某些器官泡酒，行為完全符合「黑寡婦」這個外號，是個變態到極致的妖怪獵人。

「笑容這樣說我？」黑寡婦清純的臉蛋閃過一絲殺氣：「那個醜男，居然把我當成和巫毒娃娃那醜女一樣的怪人，光用想就讓人覺得噁心！」

看來本人完全沒有自己腦子有問題的自覺。

「妳剛剛說那個妖怪是賞金獵人？」如果繼續跟著她的節奏，一定會被一直拖在這裡，所以孔天強決定率先轉移話題。不過他還是第一次一口氣說這麼多話，璃瞬間瞪大了眼，注意到璃火熱熱的視線，孔天強仍舊選擇無視。

「為什麼我會突然變成暗殺對象？」

「我就知道協會沒有通知你，所以才特地跑來的。」黑寡婦說著說著，又要貼上來，但立刻被孔天強巧妙躲開。

「你已經被驅逐出賞金獵人協會了，原因我不知道。協會刻意不告訴你，大概是想讓你來不及防備，能夠做到這一點，對方的組織應該來頭不小，你的通緝榜單已經被不少人要走了。」

孔天強盯著黑寡婦，思考了一下之後立刻有了答案，他想到了林家昂的提醒。

「我不殺人類。」孔天強緩緩地說，很明顯，黑寡婦也是拿到通緝榜單的獵人之一，所以她才會知道孔天強的位置。

孔天強這句話讓璃嗅到了危機，她的耳朵和尾巴立刻彈了出來。

「黑影，如果真要殺你的話，早就在你發現我之前就下手了。」黑寡婦察覺到兩人身上的戰意，隨即擺出一副可憐的表情：「你明明很清楚我的手段，何況就算我被稱為『黑寡婦』，但我才不會對心愛的人下手呢。」

孔天強瞥了璃一眼，又看了看黑寡婦，確實，她身上除了那明顯的欲望之外，沒有任何敵意。

「謝謝妳。」孔天強向眼前的痴女道完謝，轉身就要離開。

但就在背對黑寡婦的瞬間，孔天強突然察覺到一股殺氣——

「我不殺你是因為我愛你。」黑寡婦看著璃就這樣跟在孔天強身後，立刻低吼：「但這不代表我不會殺了你身邊的其他女人。」

孔天強將璃拉開，下一個瞬間，毒針突然地出現在璃原本站的位置，這偷襲讓璃瞬間滿肚子怒火，身上散發出殺意，身邊霎時出現數顆紅色狐火，蓄勢待發。

孔天強見狀，立刻擋在兩人中間。

「讓開，咱現在就燒了這腦子有問題的女人！」說著，璃就要往前撲，隨即被孔天強揪住後領。

「黑影，讓一下好嗎？為了我們的幸福，讓我宰了那隻礙眼的臭狐狸，剝了她的皮當我們客廳的腳踏墊，你覺得如何？」黑寡婦清純的臉瞬間變得猙獰：「居然敢勾引我男人，妳這個死妖怪！」

兩個女人就這樣隔著孔天強對罵，一個不斷喊著「黑影是我的」，一個則是嘴對方「明明是騷貨還裝純」，被夾在中間的孔天強無比地無奈，他完全不懂為何自己要受這種罪，在這場沒完沒了的爭執中，無奈漸漸轉為怒火。

「都閉嘴！」孔天強低吼，聲音沒有很大，但十足的魄力還是讓兩人都閉上了嘴。

場面突然沉默了好幾十秒。

「黑影，你帶著這隻妖怪是因為被威脅嗎？」

「沒有。」

「咱什麼時候才能回去？」

「等等。」

「那為什麼殺妖不手軟的『黑色火焰的影魅』沒有殺了她？」

「不能殺。」

「咱們什麼時候才能回去？」

「等等。」

「你不是最討厭妖怪嗎？為什麼她有特別待遇？」

「沒有特別。」

「咱餓了，咱想吃甜甜圈。」

孔天強已經懶得理那隻滿腦子甜甜圈的蠢狐狸了。

「那為什麼她還活著？」

「不能殺。」

「甜甜圈！」

「滾，已經買給妳了。」

嘴巴上總說著要她滾蛋，但孔天強很清楚，如果沒有聽見這煩人的叫喊聲，他一定會覺得那裡不對勁。

看來，他已經習慣這隻狐狸精的存在了。

「不能殺啊，親愛的居然有不能殺的對象……」黑寡婦看著孔天強沒有太多變化的表情，女人的直覺讓她嗅到了一絲危機，但現在她只能暫時收起毒針。

「謝謝。」孔天強也收起抓著狐狸腦袋的手，沒想到璃居然順勢往前一撲，咬了孔天強一口，孔天強隨即狠狠地瞪了她一眼。

「噢，咱還以為汝的手是甜甜圈呢。」璃一臉不滿地看著孔天強，接著嫌髒地呸了口口水。

「咱等得太久，等到都有幻覺了。」

孔天強的青筋微微鼓動，突然有種想讓她就這樣被黑寡婦宰掉的衝動，但他還是一語不發、默默地往出口走去。

看著孔天強的背影，黑寡婦發現孔天強有點不一樣了，已經不再是那個單純地憎恨著妖怪的冰塊。

「黑影，你應該有我的地址吧？你隨時都可以來找我喔？」黑寡婦又掛回那勾人的清純微笑：「我隨時都等著你。」

「呸！」璃聽到這句話，立刻向旁邊吐了口水，還回頭對她做了個鬼臉。

「就別讓我逮到機會，要不然一定扒了妳的皮……」

「咱啊，真的很不悅，那腦子有病的女人真的讓咱很不開心。」璃嘴巴上這麼說，但此刻她心裡所想的，全是瀰漫在地下美食街的甜味。

孔天強瞥了她一眼，馬上就知道她狡猾的狐狸腦袋又在想什麼，只有這種時候她才特別容易被看穿。

「汝啊，該不會認為方才的事情咱不應該討點賠償？」

「不該。」

「咱可是差點被殺了！」

「我救了妳。」

「萬一汝來不及呢？」

這個問題孔天強答不出來。

「那咱討點東西當補償，很正常吧？」璃看孔天強答不出話，立刻掛起陰謀得逞的笑容，孔天強知道這是狐狸精的詭計卻無辦法反駁，只能不甘願地往甜甜圈店走去。

今天已經是第二次來到這裡了，算上之前，起碼買了三次甜甜圈，孔天強都有點懷疑眼前一臉幸福地吃著甜甜圈的狐狸精其實不是狐狸精，而是甜甜圈變成的妖怪。

吃完甜甜圈後，孔天強和璃再次回到地下停車場，一踏進停車場，孔天強馬上意識到覺得事情已經告一段落的自己實在太天真了。

氣氛不對。

地下停車場裡一個人影都沒有，除了孔天強那臺寶貝重機外，方才占滿停車場的車輛此刻已經消失得無影無蹤。

怎麼想都不合理，下午四點的百貨公司怎麼可能一個人都沒有？

想都不用想，肯定又是那些賞金獵人，這裡已經變成他們準備好的獵場。

最讓孔天強在意的，是除了璃的妖氣外，他感受不到其他妖氣，這不禁讓孔天強眉頭深鎖。

「汝還真是受歡迎。」璃脫下身上的衣服，並再次彈出耳朵和尾巴，接著抽了抽鼻子：「正面三個、右側一個、左側兩個、後面一個，總共七個。」

這個人數，看來賞金獵人協會的獵人們是認真的，甚至不惜平分獎金也要進行團隊狩獵。

「咱就跟汝說了，平時要好好做人，汝就是因為那種自大、傲慢、冷冰冰的態度才會樹立那麼多敵人。」璃用一副高高在上的模樣說教，孔天強聽了很不是滋味，璃注意到孔天強陰沉的臉色，但她還是繼續說：「汝要是能夠對人友善點，就不會讓自己陷入如此糟糕的處境。」

「囉嗦。」

「難道咱說的不是事實？」

這反問孔天強無法回應。

「真是倒楣死了，汝等等一定要再買甜甜圈賠償咱。」璃說出自己真正的目的，並試著在話語中增加孔天強的罪惡感：「要不是汝平常做人失敗，咱也不用跟著汝活受罪，所以咱覺得咱可以要一些補償，否則這真的非常不公平。」

孔天強沉默地盯著她，臉上的表情在幾秒間變化了無數幾次，仔細想想，璃說得也有幾分道理，隨之而來的罪惡感，更讓他對眼前的妖怪有種甩不掉的愧疚。

「一個。」

「汝啊，是在施捨咱嗎？汝的補償是施捨嗎？」

「……半盒。」孔天強感覺自己額頭上的青筋又開始瘋狂跳動。

「好吧，既然汝都這麼有誠意了，那咱也誠意一點。」璃嘻嘻地笑了起來，狐狸尾巴甩了一地的狐狸毛，接著說道：「汝等等負責爭取時間，做好掩護咱的工作。」

「我知道了。」古咒文的缺點是施放速度慢，所以孔天強沒有理由拒絕協助璃。

孔天強沒有仔細想過，若每次戰鬥都使用古咒文，那兩百年前的璃又是怎麼在獨自的戰鬥中存活下來？單純依靠又臭又長的古咒文絕對沒辦法孤軍奮戰。

顯然璃還留有一手，但她並不打算使用，究其原因，可能是因為是孔天強在這裡吧。

平時總是欺負孔天強，卻在不知不覺間，將他當成依賴的對象，總覺得窩在他身邊就能感到安心，才會放心地把守護自己的工作交給他。

這樣的情感是什麼，自認聰明的狐狸精也答不出來，是愛又不是愛，說是依賴卻又不單單只是如此。

若有人問起璃現在想過怎樣的生活，她的答案其實非常簡單，就是「把握當下」。璃覺得自己是隻非常幸運的狐狸，能夠碰到孔天強和孔天妙，若不是他們，璃可能早就成為螞蟻精實驗的對象。像現在這樣，蹭飯吃、凹甜甜圈吃、和孔天妙聊聊天、欺負欺負孔天強、找回屬於自己的妖力，還有嗅嗅孔天強身上香菸混著洗滌劑的複雜味道，雖然難聞卻讓璃非常安心。

對璃來說，這樣的生活就夠了。

為了守護這平凡的生活，璃知道自己必須用盡全力。

「汝等打算在暗處躲到天荒地老嗎？」璃火紅的視線掃了一輪停車場，接著用嘲諷意味十足的語氣對著那些依然躲藏著的獵人們說：「若是沒有把握，何必前來自討苦吃？汝等該不會認為這種程度的破爛結界就能夠困住咱們吧？若是不打算戰鬥又何苦浪費咱們的時間?咱們的時間是很寶貴的，沒有付出好幾盒甜甜圈的覺悟，就快滾吧！」

璃的話起了效果，前方的柱子後方有道人影走了出來，來者是一個西裝筆挺的男人，皮鞋踱地的聲音在空曠的停車場裡迴盪，接著另外六人也跟著陸陸續續地出現，看著他們，孔天強知道為何自己感受不到妖氣的原因了。

這些全部都是人類。這是孔天強的死穴，賞金獵人協會也知道這一點，還特別在通緝榜單上將黑影的弱點標註為「人類」。

面對人類，孔天強出手不是、不出手也不是，雖然身為一個妖怪獵人，必定抱持著「可能被獵物殺害的覺悟」，這些專業的獵人肯定也知道風險，但一想到自己若是殺了他們，那他們的家人就可能——

孔天妙。

孔天強的腦海中突然閃過孔天妙的臉，那熟悉的笑容讓孔天強感覺心臟瞬間被揪住了一般。

「我們跑。」

「蛤？」璃還以為自己靈敏的耳朵聽錯了，一臉不敢相信地看著孔天強：「汝方才說什麼？」

「我們跑。」以為璃單純沒聽清楚，孔天強又再說了一次。

「汝是什麼意思？」璃看著孔天強認真的雙眼，又看向那些一臉不懷好意的獵人，狐狸腦袋迅速地轉了起來，然後明白孔天強顧慮著什麼，不開心地踹了孔天強的小腿一腳：「……汝殺掉的妖怪難道他們沒有家人？沒有朋友？」

「妖怪和人類不一樣。」孔天強的回應讓璃更加火大。

「何種不同？」璃一把抓起孔天強的手，往自己的胸口一按，火紅的眸子死盯著他：「汝感受到了吧？好好地感受一下！」

「妳……」孔天強慌張地想把手收回來，卻被璃緊緊抓著，他完全不知道該如何是好，心臟撲通撲通地瘋狂加速，他確實感受到了，感受到那彈力十足的柔軟。

沒有任何布料阻擋、柔軟的E罩杯。

「咱的心跳和汝有什麼差別嗎？」璃提出質問，語氣變得有些尖銳：「汝是否還記得咱鮮血的顏色？和汝相同吧！咱們究竟有什麼區別？」

「喂，你們是不是忘了我們的存在啊？」一旁突然傳來不悅的聲音。

孔天強一把抱住璃，將她往自己的身上一拉，同時一陣銳利的風劃過璃的後腦勺，削下幾根金閃閃的髮絲，千鈞一髮之際，孔天強拉著璃閃掉了敵人的偷襲。

「汝等，就不能等咱把話說完？」璃轉頭一瞪，殺氣直接刺向發動偷襲的獵人，那個男人渾身一顫，一臉恐懼地向後退了好幾步。

「咱現在可是在說非常重要的事情，真是不識相的傢伙！」

「交代遺言還要多久？」戴著銀框眼鏡、一臉斯文的西裝男推了推眼鏡，一臉不屑地哼了口氣：「你們是不是忘了現在正在戰鬥？居然還有閒工夫在那邊揉奶。想揉奶的話，本大爺可以幫妳這騷狐狸，但是，孔天強必須先下地獄！放心吧，玩夠之後我會讓妳下地獄去見他的。」

「真是粗俗，虧汝看來文質彬彬的模樣，沒想到居然是個衣冠禽獸。」

「……我是賞金獵人『紙張』，前來討伐孔天強。」西裝男「紙張」冷著臉說：「你們，去死吧。」

「賞金獵人，『燃油』。」瘦得像竹竿的男人也跟著報上名號。

「賞金獵人，『鐵牆』。」表情憨厚且十分高大的男人說道。

「賞金獵人，『火龍』。」最胖的男人也跟著開口。

「賞金獵人，『火光』。」看起來一臉凶狠的男人雙手抱胸說。

「賞金獵人，『鷹眼』。」方才偷襲璃、手上拿著弓箭的瞇瞇眼男人哼了口氣。

「賞、賞金獵人，『幻想曲』……」看上去有些怯弱的男人用細細的聲音說道。

「汝等，要打就打何必這麼多廢話？」璃顯然還在因為方才的話被人打斷而生氣，漂亮的火紅雙眼像是要噴出火來，她一跺腳，妖術陣迅速地在她腳下展開：「如此自我介紹有何意義？說穿了，不過是不足掛齒的小人物，只是在浪費咱們的時間！」

如果不是賞金獵人協會的規定，相信應該不會有人想說這麼多廢話才對。

「……去死。」紙張冷冷地說道，從口袋中掏出紙紮人扔了出去，紙紮人一落地立刻化成一個又一個日本武士，揮著武士刀朝孔天強砍去。

「汝，若是不下定決心，那麼可能見不到家人的就會是汝。」璃說著，小手一招，念了一句簡單的咒文，兩隻只有璃一半身高大小的火焰狐狸從她的腳邊鑽出。

「若是想再見到妙妙，那汝只能果斷戰鬥，戰個你死我活，這是不變的原則！」

孔天強知道璃說得沒錯，但他還是無比猶豫，忍不住將自己的境遇套到眼前的獵人身上，他沒辦法像殺妖怪那樣下定決心、痛下殺手。

就在孔天強猶豫之際，其他獵人卻先有了動作，燃油將他的符咒交給鷹眼，讓鷹眼串在由法力構成的箭矢上，並拉弓射出，連續兩發箭矢都偏離孔天強和璃許多，看起來像是射偏，但說穿了，就是三歲小孩都懂的把戲。

璃立刻反手一招，腳下的妖術陣射出狐火球，精準地命中那些射在牆上的符咒，符咒立刻爆開，噴出黑色的燃油，因為被破壞得太突然，符咒的主人完全來不及反應，那些油就這麼不受控制地流了滿地，被狐火引燃。璃的身後瞬間形成一片火海，讓後面的幻想曲招都還沒出，就被火燒得四處逃竄。

接著璃指揮腳邊的火焰狐狸上前和日本武士拚鬥。看著璃一邊拚命指揮狐狸和敵人搏鬥，一邊破壞陷阱的模樣，孔天強感到萬分慚愧，他很清楚璃如果想要用更強的招式就需要自己的掩護，但此刻的孔天強卻什麼都做不到。

——如果連掩護狐狸精都沒辦法，那要怎樣才能保護姐姐？

孔天強一想到這裡，不安地嚥了口口水。

——只要把他們逼退就好，不用殺了他們，手下留情……手下留情！

孔天強一個箭步衝出，符咒的加持搭配孔家拳術流的特殊步伐，讓在場的敵人全都捕捉不到孔天強的動作，孔天強瞬間衝到蠢蠢欲動的火龍面前，一掌往他的胸口拍去，速度快到被打的人完全來不及閃開，只能將右手擋在胸前，孔天強雖然收了點力道，但喀啦一聲，火龍的右手還是斷掉了，他瞬間倒在地上不斷哀號。

火龍身旁的鐵牆立刻撲了上來，孔天強輕鬆閃開，同時順勢一扯，鐵牆在半空中做了個華麗的後空翻，背部朝下重摔在地。為了避免鐵牆再站起來，孔天強決定補上一拳，但鐵牆已經燃起符咒，眨眼間就讓自己的肌膚強化得像鋼鐵一樣堅硬，孔天強來不及收力，一拳打在他的胸膛上，被反作用力反彈，向後退了幾步，所幸有黑色火焰的保護，並沒有受傷。此時，只剩下左手能用的火龍撲了上來，想為自己的右手報仇，不過還是被孔天強輕鬆地閃過。

雖然只要稍微認真點，這兩個雜魚肯定不是孔天強的對手，若是他們是妖怪，早就被揍得連灰都不剩，但他們不是妖怪，所以孔天強只能和他們繼續纏鬥苦戰。

另一邊，同時對上五個人的璃，因為受到孔天強的影響也陷入苦戰。

雖然璃是認真地想做掉他們，但各種干擾加上顧慮孔天強，造成她沒有辦法使出全力，才讓這幾個低階獵人這麼地囂張。

璃的火焰狐狸已經毀掉了好幾具紙紮的日本武士，這讓一開始話說得很滿、態度極為囂張的紙張有點緊張，不只是丟臉，還因為他的紙紮人已經所剩無幾。當初因為自信無比、高傲自大，所以準備的紙紮人並不多，沒有想到事情會發展得這麼棘手。

弱者永遠無法看清楚事情的真相，只懂得自以為是地相信自身強大的錯覺。

紙張不知道，他們根本就不是孔天強的對手，即使一打七，只要孔天強願意認真應對，他們七人頂多能撐個一分鐘。

自稱「智將」的紙張開始尋找附近是否有能利用的東西，他的能力只要有紙就可以發動，只要有多餘的紙製品，他就可以施展額外的攻擊，有機會可以瞬間逆轉局勢。

但因為幻想曲的空間法術，這個空間裡完全沒有可供紙張利用的物品，別說是一張紙，就連個紙屑都沒有，加上燃油他們的計畫完全沒有進展，讓他忍不住埋怨起這些豬隊友。

可是他忘了，這全是他想出來的計畫，認為不需要預備方案的人也是他。

一旁的火光、燃油和鷹眼不斷地想要使用連技，但他們的戰術太過呆板，所以不管想做什麼都會立刻被看穿。因為法術的性質，璃巧妙地運用火光和燃油的法術來不停干擾旁邊的笨蛋們。

這三個人正因平常慣用的伎倆完全起不了作用而傷透腦筋，自己的攻擊還一直被眼前沒有出現在情報上的狐狸精利用，讓他們更加不知所措。出招頻率被打亂，造成出手更加猶豫，只能不斷地重複同樣的事情，期盼能夠找到一點對方的失誤來突破現況。

他們這樣的思考模式，璃只用尾巴都可以猜得出來，這些單純又愚蠢的戰術，在擅長要些小手段的璃眼中，根本就是天大的笑話。

而看上去十分怯弱的幻想曲，也因為所有人同時在他製造的空間中大鬧的緣故，必須花更多的力氣來維持空間的穩定，避免這場戰鬥無法收拾，被一般人看見。加上璃一直利用燃油和火光的招式來干擾他，讓他沒有辦法再多做些什麼，光是被火焰追著跑就夠他受了。

璃覺得很煩躁。

她煩躁的原因不是對手，而是一直猶豫不決、不肯痛下殺手的孔天強，雖然只要繼續磨下去，最後也會贏得這場戰鬥的勝利，但璃還是對孔天強的態度感到非常不開心。

這是一場絕對會贏的戰鬥，輸贏早就不是重點，中間的戰鬥過程才是關鍵。

璃突然改變戰鬥方法，單手指揮火焰狐狸，另一手開始結印，同時為了加強妖力的輸出，璃把自己的外表變成蘿莉的形態，接著她的尾巴從一條變成了兩條，二尾狐狸的形態正是她此刻能用的最強模式。

原本打算依靠孔天強的璃，還是決定靠自己比較實際。

因為妖力全部挪為攻擊使用，火焰狐狸的數目頃刻間變為十幾隻，狐狸們對獵人發動猛攻，賞金獵人好不容易撐起來的防線被瞬間擊潰，就連孔天強那裡璃也派了三隻狐狸支援，讓賞金獵人不得不轉攻為守，不斷地向後撤退。

璃那對火紅的雙眼閃爍起妖異的光芒，由狐狸們爭取出來的空檔讓她有機會念起古咒文，火光瞬間從妖術陣中噴發而出。後方的幻想曲看到情況不對，立刻轉身逃走，只見璃回頭一瞪，那駭人的氣勢讓幻想曲瞬間全身僵硬、無法動彈，這時，一隻狐狸順勢將他推倒，用兩條前腿把他壓在地上，幻想曲害怕得驚恐尖叫，整個空間隨著他的混亂開始扭曲變形。

「汝給咱維持好結界，咱就饒汝一命。」壓住幻想曲的狐狸吐出璃的聲音，那略微沙啞的聲音帶著無比的威嚴，幻想曲嚇出一身冷汗，他立刻大力地點點頭，為了活命，他別無選擇，只能努力維持住結界，讓整個空間重新回歸穩定。

原本用來抓捕獵物的籠子反而被獵物用來抓住獵人，這簡直就是天大的笑話。

察覺到璃身上的殺氣，加上鐵牆和火龍已經被火焰狐狸徹底壓制，孔天強立刻回頭阻止璃殺人。

「妳想成為邪妖嗎？」孔天強沉著臉，睨著璃冷冷地問道。

「這些人想殺咱，他們就是好人？咱想殺他們，咱就是邪妖？這未免也太不公平！在咱看來，這些人都是壞人！」

「不准動手，不然我會討伐妳。」

「這全是汝的錯，若是汝早點下決定，咱也不用使出全力，汝居然還說要討伐咱？」

孔天強想要反駁卻說不出任何話，他很清楚璃並不是只為了她自己，有很大一部分是為了「他」。

「聽懂的話，就快給咱讓開！」

「一定可以和平解決……」

「汝難道感受不到他們的殺氣？他們是真心想要殺了咱們，既然如此，那咱殺了他們也沒什麼好怨的，殺人者必須有被殺的覺悟。」

「兩盒。」

「咱可沒這麼嘴饞，這可是正經事！」嘴巴上這麼說，但璃的尾巴明顯地甩了一下。

「三盒。」

「咱就算不殺他們也一定要弄殘他們，這樣咱才可以安心。」

「……四盒。」

「最少要狠狠教訓一輪，打斷手腳之類的，這樣才能解咱的心頭之恨！」

「……五盒！」

「好吧，汝都這麼求咱了，咱要是再不點頭就太不通情達理了，搞得咱才是壞人一樣。」璃如此說道，孔天強看向璃的尾巴，不斷甩動的尾巴完美地出賣了她。緊接著妖術陣消失，那些火焰狐狸也瞬間消散。

「但是，下次咱肯定沒這麼好商量。」

那對火紅的雙眼露出凶光，孔天強知道這句話是對那些不自量力的賞金獵人說的。不過他相信，依據賞金獵人的習性，碰到這種完全無法應付、擁有壓倒性力量的對手，他們絕對不會進攻第二次。

璃變回成人的模樣，光澤十足的尾巴也回復成一條，不斷地甩動。

「走吧，咱們立刻去……」璃話說到一半突然打住，她緩緩低下頭，孔天強順著她的視線看去——

璃的左側腹部，被開了一個拳頭大小的血洞。

空氣中瞬間瀰漫起一股濃厚的鮮血氣味。

「哈哈——哈哈哈哈——」紙張狂妄的笑聲傳來，孔天強轉頭看他，只見他兩手拿滿燃油、火光和鷹眼的符紙，這些「紙」讓他有了偷襲璃的能力。

「該死的狐狸精，該死的孔天強，明明只是獵物還敢反抗獵人……這一次，我絕對不會大意！你們死定了！我絕對——」

紙張的叫囂才說到一半，他的脖子瞬間像是被掐住一樣，完全發不出任何聲音。

對於殺意的恐懼讓紙張僵硬得像是木偶一般。

孔天強雙拳的黑色火焰熊熊燃燒起來，那張俊臉充斥著令人畏懼的怒意。

孔天強感到無比後悔，因為他的猶豫，因為他的婦人之仁，才會導致璃受重傷。如果自己願意早點下定決心、痛下殺手，尊重這些賞金獵人的「覺悟」的話，璃就不會受到這麼嚴重的傷害。

——都是我的錯！

愧疚和後悔轉化成敵意和殺氣，那份強烈的憤怒頓時形成龐大的壓力，其他獵人不禁害怕得落荒而逃。

孔天強的火焰逐漸變得旺盛，他緩緩朝紙張走去，那瞪大雙眼的俊臉看起來就像地獄來的使者，挾帶著黑色的火焰，企圖毀滅這世間的一切。

——為什麼我總是讓別人因為我而受傷？

在思考這個問題的同時，孔天強沒有注意到，在他的心中，璃已經不再是單純的妖怪，這種憤怒無助感覺也無關乎那些約定。

他正漸漸地有所改變，但他自己卻沒注意到。

「正好，礙事的人都走了，你也動了真格，這正合我意！」看著自己的同伴全部逃走，紙張雖然害怕，還是嘴硬地說道，同時對孔天強發動攻擊，一邊射出手中的符咒，一邊對孔天強咆哮：「一對一單挑！我才不可能會輸給你！」

把手中的紙變成武器是紙張擅長的法術，也是他稱號的由來。紙變成的飛刀，其威力足以穿透鋼板，至今為止，還沒碰到無法射穿的獵物，難怪紙張對自己的武器有著絕對的自信。

飛刀的速度快得一般人的肉眼根本看不清楚，但那是對手是「一般人」的情況，面對孔天強這種習武之人，飛刀的速度其實一般般，看起來就像飄過來的氣球。就在飛刀快射穿孔天強的腦袋之際，孔天強一記右鉤拳打在紙面上，法術被瓦解，飛刀瞬間變回一張廢紙。

不給紙張驚訝的時間，孔天強一個箭步衝出去，這次，輪到紙張完全看不見他的動作，但他還是直覺地用紙架起防禦壁，孔天強的拳頭打在防禦壁上，只見紙構成的防禦壁頓時變得柔軟有彈性，徹底吸收拳頭的力道，緊接著防禦壁再次飛速散開來，全數化成飛刀射向孔天強，紙張那得意的笑臉出現在孔天強面前——

「結束了，這種距離就算是你也閃不過！」紙張揮下高舉的手，紙飛刀立刻往孔天強射去：「去死吧——」

「離卦——」千鈞一髮之際，孔天強腳下出現方術陣，方術陣迅速地擴展到紙張的腳下，孔天強目露凶光，臉上完全沒有因紙飛刀的逼近而顯露恐懼。他擺好架式，同時，那些射來的飛刀因離卦噴湧而出的火焰瞬間燃燒成灰燼，紙張的笑臉僵硬地停在臉上。

「——六十四拳。」

紙張來不及意識到究竟發生了什麼事情，孔天強的拳頭已經打中他，那連妖怪都承受不了的傷害，身為人類的紙張就更不用說，就只是一拳，大量的鮮血便從他的口中噴湧而出，但孔天強並沒有因此收手，再來第二拳，第四、第八、第十六、第三十二、第六十四，紙張的身軀因為離卦的特性而燃燒著火焰，六十四拳一打完，紙張已經化成一具面目全非的焦屍。

生平第一次殺人，孔天強卻沒有因為自己的行為而感到後悔，他只是在做他認為對的事情。這種情況每天都會在「這裡的世界」上演，有的時候是妖怪和人類的衝突，有的時候是妖怪和妖怪或是人類與人類的紛爭，這裡的基本法則就是弱肉強食，若是不夠強大，就要小心「獵物反撲獵人」的情況發生。

雖然不曾後悔，但一想到紙張的家人，他的臉色就又沉了下去。

無臉等等就就會來回收屍體，紙張這個人就會徹底地從賞金獵人協會的名冊中除名，就像什麼都沒有發生過一樣。除了他的家人會感到傷痛，其他的一切都不會有變化。

世界不會因他的死亡而停止轉動，停下的，只有他自己的時間。

孔天強掏出菸來點了一根，大口吸了幾口後，把菸扔在紙張身上，作為最後的憑弔，接著轉身查看璃的傷勢。

璃一屁股坐在地上，臉蛋略失血色，完全沒有先前的淘氣。

「……還好嗎？」

「汝這是在關心咱嗎？」雖然臉色不怎麼好看，璃還是笑了出來，尾巴輕輕地甩了起來。

「若是多給咱兩盒甜甜圈，咱肯定會好很多。」

「等妳好了，再說。」孔天強沉著臉，表情十分複雜。

「咱是說笑的，何必用這種表情看著咱？咱已經回復三成的妖力，這傷雖然比上次更加嚴重，但只是小傷，稍作歇息就會好了。」璃說著，側身讓孔天強看了眼傷口，出血確實正迅速減少，且以肉眼看得見的速度癒合。

「不過，在那之前，咱們先轉移吧，結界已經開始不穩定了，等等咱們這狀態肯定很難解釋。」

璃的提醒讓孔天強注意到四周的空間開始扭曲，同時，無臉已經抵達現場，開始回收紙張的屍體。

孔天強將璃用公主抱的方式抱起，才走沒幾步，璃就開始掙扎。

「汝啊……可別以為咱受傷了就會忘記汝答應咱的事情！」

「妳受傷了。」

「只要有甜甜圈，就算被開腸剖肚，咱也會復原！」

如果黑寡婦是腦袋有病的女人，那麼璃肯定就是腦袋有病的狐狸精了。

一天跑四次甜甜圈店，孔天強覺得真是夠了。

FOX SPIRIT

>>> Chapter.5_ 面對不受歡迎的客人，直接關門就對了

「咱們回來了！」一進門，璃就拎著甜甜圈往孔天妙的方向衝，接著一臉自豪地在孔天妙面前轉圈，展示她的新衣服。

「妙妙，汝覺得咱挑的衣服好不好看？」

「喔——好看！非常適合妳，跟我一開始想的一樣！」孔天妙仔細地打量後，完全挑不出什麼毛病，當然其中有一半的原因是因為穿衣服的人長得漂亮的緣故。

「好險你們有買正常的衣服回來，要不然我真的要出動準備好的『醜衣十大酷刑』了。」

「……妙妙，就只是不好看的衣服而已，有這麼嚴重嗎？」聽到孔天妙的發言，璃忍不住打了個冷顫，雖然不知道「醜衣十大酷刑」的確切內容，但狐狸的本能告訴她鐵定是非常恐怖的東西，同時暗自慶幸自己挑了正常的衣服回來，要不然肯定完蛋。

「妳這個想法就和那些男生一樣！糟糕！邋遢！」孔天妙一臉認真地說：「小璃妳聽好了喔，不管是哪個時代，女孩子出門一定都會打扮得漂亮整齊，妳又長

得這麼好看，如果不穿得漂亮一點不是太可惜了嗎？」

「說到這個，咱認為是那蠢驢的不對！咱難得穿得這麼漂亮，那蠢驢卻連誇獎咱一聲都不願意！」璃說著，一臉不滿地甩了幾下尾巴，鼓起臉頰，不管怎麼看，都像是在藉機打小報告想陷害孔天強，以報下午孔天強不誇獎自己的仇。

「汝一定要幫咱說說那蠢驢！」

「說什麼？」

「哇呀——」孔天強的聲音突然出現在璃的身後，嚇得璃發出奇怪的尖叫聲，尾巴上的毛全部直直豎起，反射性地鑽到孔天妙身後躲起來。接著她發現嚇她的人是孔天強後，又露出一臉不滿的小腦袋，死瞪著孔天強並做了個鬼臉：「汝為何走路無聲無息？非要嚇破咱的狐狸膽才開心？」

「把褲子穿好。」孔天強沒有理會璃的抱怨，只是看了眼她為了露出尾巴而脫了一半的褲子，冷冷地說道：「別亂講話。」

「咱才沒亂說，難道咱說錯了嗎？」璃因為剛剛被嚇到，再加上孔天強的冷言冷語，搞得她的心情也變得很差，沒好氣地反駁：「看見美人就會想誇獎，但汝對咱卻無動於衷！」

「因為妳是妖怪。」

「妖怪又怎樣？汝真的非常無聊，總糾結奇怪的問題！真的氣死咱了！妙妙汝一定要幫咱評評理！」璃看向孔天妙。

「我沒有錯。」孔天強也看向孔天妙。

「嗯……雖然說夫妻吵架狗不理，但我還是必須說一句話——」孔天妙裝出苦惱的樣子，一臉認真地對孔天強說：「天強，就算你以後變成妻管嚴，也千萬不能不理姐姐喔！」

「……我不會。」

「我是覺得啦，你等等就會妥協了，也不會繼續和小璃吵下去，一直以來都是這個模式，以後你們結婚的話，你一定會變成妻管嚴的！」

「沒人要跟她結婚。」

「汝才沒人要啦！」璃說著，又對他做了個鬼臉：「居然敢嫌棄咱，咱才嫌棄汝配不上咱這漂亮的尾巴！」

在場的兩個人類完全不能理解狐狸精評斷人的標準，狐狸精對結婚的定義究竟是嫁人還是嫁尾巴？

「我去掃廁所。」孔天強說著，拿起回來的路上在超市買的廁所清潔劑和晚餐材料就往裡面走，一點都不想繼續和璃做無意義的爭執。

「妳看，我就說他會妥協。」孔天妙聳肩，然後微微一笑：「小璃，別生氣了，妳又不是不懂天強。」

「嘖。」璃一臉忿忿不平地打開甜甜圈的盒子，然後拿了一個遞給孔天妙，自己也拿了一個大口大口地咬了起來，弄得滿臉都是甜甜圈的渣屑。

「若不是有這甜甜圈，咱肯定咬死他！」

「叮咚！」突然響起的門鈴聲把身為野獸的璃嚇了一跳，刺耳的聲音讓她整個人彈了起來，一臉驚愕地看向大門，還差點被甜甜圈噎到。前一秒還氣憤地抱怨，此刻卻一臉驚愕的可愛模樣，讓孔天妙輕輕笑了起來，同時孔天強從浴室走了出來，手上拿著馬桶刷走到門前，把門打開——

孔天強開門的瞬間，一記強勁的拳頭就朝他帥氣的俊臉襲來，孔天強憑藉優秀的動態視力看清楚拳頭的軌跡，準備閃躲，沒想到大概是身體過於疲勞，動作沒有辦法完全跟上，帥氣的臉頰被拳頭擦到，出現如同被刀子劃過一樣的痕跡，鮮血立刻流了下來。

來者不善。

孔天強還來不及看清楚敵人的樣子，腦袋就先發出反擊的命令，握著馬桶刷的手立刻往前方一捅，因為孔天強拳頭的攻擊範圍搭配馬桶刷的距離加成，所以順利地擊中對方。被捅到的人發出淒厲的哀號，攻擊孔天強的拳頭也迅速收回，孔天強趁機再次揮動馬桶刷，這次他看見攻擊他的人重心不穩地向後摔倒。

「啊、啊啊——大哥，這傢伙！這個敗類！這個敗類用馬桶刷捅我的臉！而且還捅了兩次！」這聲音如此地熟悉，熟悉到讓孔天強反胃的程度，那圓滾滾的身材和總是被汗水弄得一片濕漉漉的西裝，正是上次躲在暗處旁觀的孔天虎。

而此刻站在孔天強面前、戴著眼鏡、和他差不多高、穿著筆挺黑色西裝的帥氣男人則是孔家的下一任當家，同時也是「機構」臺北分隊的小隊長，孔天龍。

孔天強瞪著孔天龍，孔天龍也不甘示弱地回瞪，兩人散發出來的氣勢不相上下，眼神感覺要冒出火花，他們的態度完全不像堂兄弟，更像是仇人。

他們是孔天強的堂哥，同時也是國家特殊自然災害應變局保安第零大隊，簡稱「機構」的成員。

林家昂的警告、賞金獵人的攻擊，現在機構成員又出現在這裡，孔天強馬上明白這一切究竟代表著什麼，他相信這兩個堂兄不會平白無故找上門，因此孔天強努力思考著要怎麼跟孔天妙解釋才好。

「呃，你們……」孔天妙注意到門外的兩人，立刻滑著輪椅靠近門邊，想要搞清楚是什麼狀況。

「你們怎麼會跑來這裡？」

「妙姐，好久不見了！」孔天虎一見到孔天妙，整個人和剛剛的態度完全不一樣，臃腫的臉上頓時堆滿笑容，親切地問候孔天妙：「最近過得還好嗎？」

「我們是來談判的。」孔天龍瞥了孔天強一眼後，看向孔天妙，畢竟從一開始，他就是來跟孔天妙談判的，只是沒想到開門的會是孔天強。

孔天龍一邊說著，一副準備進到屋裡的模樣，卻被孔天強給擋了下來。

「滾開。」

璃躲在孔天妙輪椅後面偷偷觀察著，看著孔天龍和孔天強的互動，她雖然不知道這四人間的關係，但她推測孔天強和孔天龍一定有血緣關係，這一點從同樣帥氣的臉蛋、冷冰冰的態度和那句「滾開」就可以判斷。

「這裡不歡迎你們。」孔天強壓低聲音。

「別忘記你現在的身分。」孔天龍瞪著他，孔天虎則是得意地勾起嘴角。

「你這個準通緝犯。」

「這是怎麼回事？」這句話孔天妙聽得一清二楚，她立刻看向孔天強：「為什麼你會變成通緝犯？」

「妙姐，他犯下了『妖怪謀殺案』。」一旁的孔天虎像是抓到把柄準備告狀的小朋友一樣，臉上掛著讓人莫名不悅的噁心笑容，主動的替孔天強回答：「他隨意濫殺妖怪，居然把整棟樓的螞蟻精都給滅了耶！妳真該看看那時的慘狀，真是淒慘啊！」

「螞蟻精是邪妖。」雖然孔天強對「消滅整棟樓的螞蟻精」這件事徹底沒印象，但他沒有多做解釋，只是堅持著自己的立場。

「你有什麼證據啊？」孔天虎看著孔天強，臉色瞬間一變，露出不屑的笑容和鄙視的眼神，變臉速度快到可以媲美專業演員。

「我們還在搜證耶？就算有李星羅的情報，也要經過正當搜證程序，別說你不知道啊！妖怪法院還沒有審核之前，你居然私自行動？你以為你是老幾啊，隨便就給人定罪！法院下令之前，他們都是『善良的妖怪』！所以這絕對是謀殺！」

判定邪妖有諸多法條規範，通常會用到的只有兩種：

一，現行犯。

二，由妖怪法院認定的邪妖。

「機構」就是為了執法與搜證而存在，和人類的警察單位差不多。他們搜集各項犯罪事證，經過縝密地調查後，將一切證據上呈至妖怪法院，由妖怪法院發布邪妖認證，接著授權「機構」執法或協調「妖怪獵人協會」的獵人對目標進行討伐。

當然還有更快的方法可以收拾掉這些邪妖，那就是「賞金獵人協會」。

賞金獵人協會公布欄的委託有七成都來自機構，基本上機構已經可以算是賞金獵人協會的老闆。這也是孔天強被逐出賞金獵人協會的原因之一，現在他的處境就和那些無法處置的「灰色邪妖」一樣。

所謂的「灰色邪妖」，指的是因證據不足而被法院駁回「邪妖令」的妖怪，因為法律的保障，即使知道這些妖怪在為非作歹，機構也沒辦法出手。這時候他們就會委託賞金獵人協會來解決「問題」，因為這是違法行為，作為交換，機構面對賞金獵人的各項委託都是睜一隻眼閉一隻眼，對賞金獵人「狩獵」時的「合理」行為也都不予以舉發。

雖然這樣的行為看似十分黑暗，但不可否認地，這做法讓社會可以達到一定程度的平衡。而且臺灣並不是唯一一個這麼做的國家，在歐美，這種委託形式甚至更加盛行。

螞蟻精，如果在平常的狀況下，十之八九會被認定為「灰色邪妖」，特別是璃的出現更可以佐證他們身為邪妖的線索。但孔天龍兄弟明顯是要陷害孔天強，才會找這樣的理由通緝孔天強，將他的行為定調成犯罪，簡直一舉兩得。

「既然如此，我怎麼還沒收到任何通知書？」孔天妙看著孔天龍，眼神帶著些許的不悅。

「唔！」孔天妙的話讓孔天虎當場愣住，一臉緊張地看向孔天龍。

「通緝令還在跑流程。」孔天龍緩緩地說：「所以我說過，我們今天是來談判的。」

「事情都已經被你們主導成這樣，你們還想談什麼？」孔天妙一聽就知道事有蹊蹺，她的豎起眉毛，顯然非常不開心。

「不請我進去？」孔天龍將視線轉移到孔天妙身上，那一副不把人放在眼裡、高高在上的眼神，讓一旁的孔天強有種想撂倒他的衝動，但他知道現在的自己肯定不是孔天龍的對手，若真的在這裡打起來，搞不好會波及到孔天妙。

不只孔天強，就連璃也被弄得不怎麼開心。

「我是沒關係啦，但這是民主社會，應該要由『住在這裡的住戶』統一投票表決才對。」

「反對。」孔天強立刻說。

「咱也反對！」璃也馬上發表意見。

「妖、妖怪……！」孔天虎這才注意到藏在孔天妙後方、探出小腦袋、用不悅的火紅雙瞳盯著他們的璃，接著一臉不可置信地看向孔天妙：「妙、妙姐，為什麼妳家裡會有妖怪！」

「怎麼了，現在機構連和妖怪同居都要管嗎？別忘了《妖怪法》是基於《憲法》喔？妖怪是合法居民，自然可以自由地選擇住所。」孔天妙雖然笑著，但話裡卻帶著無數的刺：「還有，我可是妖怪好朋友，家裡有幾隻妖怪很正常吧？對了，既然三票裡有兩票是反對票，所以就不能放你們進來囉？真可惜，我家的小可愛才帶了甜甜圈回來的說，真沒口福。」

孔天強聽出孔天妙話中的諷刺，但那句「家裡有幾隻妖怪很正常」讓他忍不住地回頭張望，他突然有點在意家裡是不是還藏著其他他不知道的妖怪。

孔天妙注意到孔天強的眼神，差點笑出聲來，沒想到孔天強會把這些話當真。

「甜甜圈……」孔天虎明顯嚥了口口水，接著大力地搖搖頭，然後瞪向孔天強：「妙姐變了，這絕對是你害的！」

面對這樣的指責，孔天強只是冷哼了一聲，完全不把這個至今仍原地踏步、實力已經輸他一截卻還自稱「精英」的人放在眼裡。孔天虎注意到孔天強的不屑，額頭因憤怒而冒出青筋。

「妙姐，妳可是妖怪獵人！既然是妖怪獵人，怎麼可以在家裡窩藏妖怪！還搞什麼妖怪好朋友啊！」孔天虎試著對孔天妙講道理，想讓孔天妙「回歸正道」。

「別被孔天強迷惑了！」

這些話讓孔天妙的臉色微微一沉。

「請問我讓妖怪住我家有犯法嗎？」

「……沒有。」

「還有我已經不再是妖怪獵人了。」

「這、這我們才不承認！」

「妖怪獵人協會已經註銷了我的資料。」

「只要再註冊就可以了！」

「我當年就說過了，註銷了天強的獵人資格，就順便註銷我的，我們姐弟要一起進退。」

孔天強聽著這句話，忍不住握緊了拳頭，真心想給自己一拳。

「果然是因為這個傢伙……都是你的錯！」孔天虎聽到孔天妙的話，立刻指著孔天強大吼，他的手指因為憤怒而顫抖，眼神就像要噴出火來。

「你這個沒用的東西，如果不是你，妙姐也不會變成這樣子！半殘不廢的，全部都是你的錯！」

「孔天虎，如果你再亂講話，我真的會對你不客氣。」孔天妙的臉上掛起讓人汗毛直豎的笑容，她的身上散發出駭人的氣勢，讓她身後的璃差點因為野獸的本能尖叫著逃離現場。

「這是我的選擇，跟天強沒有任何關係。」

「孔天強你說話啊，你這個廢物，都幾歲的人了，還要依靠妙姐的保護！丟不丟臉啊！」

孔天強無可反駁，孔天虎說的是事實，他今年都已經二十三了，像這樣被辱罵卻只能依靠孔天妙來回擊，他覺得自己真的很沒用。

但這不代表他可以一直忍受孔天虎高高在上的態度。

孔天強原本就握緊的拳頭握得更緊，指骨發出喀啦喀啦的聲響，現在只要再刺激一下，孔天強肯定會不管三七二十一地大爆發。

「天強，別動手。」孔天妙眼看情況不對，立刻出聲提醒，這種情況下要是真的動手，事態肯定會一發不可收拾。

「你也沒那膽子啦，就算真的打起來，你打得贏我？」孔天虎不屑一笑，完全忘記方才偷襲失利的事情。

「你該不會忘了吧，我可是『孔家三本柱』之一！」

孔家三本柱，也就是孔家三位最強的高手。

當年，孔天妙十三歲就成為三本柱之一，十九歲就成為三本柱的領頭，實力最被看好，甚至被譽為「孔家百年難得一見的奇才」，名聲響徹北部妖怪獵人界。

但那全是過去式了。

五年前的妖災，二十一歲的孔天妙身受重傷進而退隱，在那之後，孔家三本柱也一路走下坡，實力完全不如從前，新的替補成員實力連孔天妙當年的一半都不到，因此這名號已經沒有之前那般響亮。

面對突然報出名號的孔天虎，孔天強就像在看一個中二的國中生一樣。

方才的過招早已確定兩人的實力孰強孰弱，毫無疑問，孔天強在孔天虎之上，孔天龍和孔天妙一眼就能看出來，但沉浸於過去和妄想的孔天虎卻沒有發現。

「所以你們到底想談什麼？」孔天妙沒好氣地說，看著眼前僵硬的氣氛，她忍不住嘆了口氣：「明明都是一家人，為什麼就一定要用這種方式對話？」

「別把我們跟這個孔家之恥相提並論，誰跟他是一家人！別把我們和這個雜種……」

「你說，誰是雜種？」孔天妙的低吼瞬間打斷孔天虎的話，強烈的殺氣讓孔天虎的臉瞬間僵住。

「我剛剛沒聽清楚，你說，誰是雜種？」

「啊、呃……」孔天虎半張的嘴沒辦法再吐出任何話語，他的身體微微打顫，他沒想到自己說出的「事實」會讓孔天妙發這麼大的火。

直到現在，他還是不認為自己有錯。

「孔天虎，你是不是覺得我們姐弟倆忍耐你，你就可以一直得寸進尺？我們只是不想計較，畢竟以前受你們的父母照顧很多，所以我們才會一直忍耐、謙讓著你們。但現在越來越過分，到底是什麼意思！」

「舍弟說錯話了，我代替他向你們道歉。」孔天龍看情況不對，立刻開口打圓場，微微欠身，向他們道歉。但這圓場打得真是讓人開了眼界，高傲的視線和冰冷的語氣，顯得一點誠意都沒有。

「為了避免再節外生枝，我直接切入主題比較好。阿妙，我們的條件很簡單，就是妳回孔家，我們就撤銷孔天強的通緝。」

「現在是在交換條件嗎？」孔天妙看向孔天龍，微微地揚起眉毛。

「不可能。」孔天強插進話來，瞪著孔天龍說：「要通緝就通緝，姐是不可能再回去。」

「沒有人問你的意見，大人說話你插什麼嘴？」孔天龍瞪了孔天強一眼，再次看向孔天妙：「回到孔家不是要妳重新接掌孔家三本柱的位置，是希望妳可以協助培養新人。孔家新的一代已經越來越弱了，我相信妳能懂，為了孔家的未來，妳必須答應。」

「這是本家的問題吧？關我們分家什麼事？」孔天妙冷笑了幾聲，方才孔天龍高傲的道歉理所當然無法讓人消氣，反而讓人更加火大。

「你們本家都在幹嘛？自稱精英卻連後輩都沒辦法培養，只顧著自己的精英算什麼？未來的當家？你們這個樣子孔家絕對不會有什麼未來。」

「……我還有機構的事情要處理，沒辦法好好顧好本家，所以才需要妳。」

面對帶刺的話語，孔天龍雖然想發火，但有求於人，加上威脅不奏效，所以孔天龍只能忍氣吞聲。

「辭職不就好了？家族的未來和工作，哪一個比較重要？」

「……機構存在的目的是為了守護國家，不管是國家還是家族都很重要，但我沒辦法兼顧。」

「少裝聖人了，你真的這麼清高，會用這種陰險的小手段跟我談條件？你們明明就很清楚原委，現在卻用通緝替你們解決問題的天強來跟我談條件，企圖逼我回本家，這樣真的能保護國家？天龍哥，你還是跟以前一樣，把一切都想得太美好、把自己想得太優秀了，都幾歲的人了，成熟點吧，這個樣子真的非常難看。」

「妳……」孔天龍的臉色越來越難看，這是他生平第一次被一個「外人」這樣羞辱。

「如果真的要我回去，那可以啊，這是民主的社會，我們場五個投票表決。」

孔天妙臉上隨即掛起了笑容：「我反對。」

「反對。」

「咱也反對！」

「你看到了，反對票三票，怎麼看都是多數。」孔天妙看著孔天龍瞪著布滿血絲的大眼，接著說：「關門，送客！」

孔天強一聽，立刻把門甩上，門發出的巨響讓三個人感到無比地爽快。

把兩個不速之客趕走後，孔天強一時間不知道該和孔天妙說什麼，只能窩回廁所繼續刷他的馬桶，一邊爭取時間思考要怎麼向孔天妙說明。但他不知道，此刻的孔天妙也在思考該如何保住孔天強，只是孔天妙是一邊吃著璃分享的甜甜圈一邊思考。

「妙妙，那頭蠢驢惹上了大麻煩嗎？」啜了口孔天妙遞來的熱茶，璃晃著尾巴，一邊享受著茶葉的甘味與甜甜圈的甜味形成的完美對比，一邊認真地看著孔天妙。雖然態度認真，但璃的臉上全是甜甜圈碎屑，看起來像隻小花貓，讓這嚴肅的問題多了幾分可愛的感覺。

「那蠢驢……會不會出什麼大事？」

「還滿嚴重的。」孔天妙聽見這個問題，忍不住苦笑：「嚴重到可能以後我們都沒辦法繼續在這裡悠閒地吃著甜甜圈的地步。」

一聽到這裡，璃的狐狸尾巴立刻垂了下來，看著手上嗑到一半的甜甜圈，一想到再也沒辦法這樣吃著如此美味的食物，她那對火紅的雙瞳充滿擔心地看向孔天妙。

「咱，很喜歡現在的生活。」璃說著，又咬了口甜甜圈，尾巴緩緩地晃了起來：「雖然那蠢驢總是冷淡地對待咱，但咱其實還挺喜歡他的，因為他總是會回應咱的耍賴，是一個單純又老實的傢伙。」

「我也很喜歡這樣的生活喔，也很感謝妳沒有討厭天強。」孔天妙說著，拿出手機，雖然不一定能夠成功，但孔天妙已經有了想法。她向某人發出訊息，然後重新看向璃：「其實現在有一個可以解決的方法，但需要妳的幫忙。」

「要咱幫什麼忙？」孔天妙的話讓璃的耳朵瞬間挺起：「只要能夠繼續這樣的生活，只要能夠繼續享受汝的飯菜和甜甜圈，要咱做啥咱都願意！」

「那就好。」孔天妙說著，同時，她的手機也收到回覆訊息，看到訊息後，孔天妙的臉上露出笑容：「我們來挖洞給天強跳吧！」

孔天妙的話引起了璃的興趣，可以正大光明地對孔天強惡作劇，令她的尾巴啪唰啪唰地不斷搖晃起來。

孔天妙和璃說明她的計畫後，兩人的臉上都露出狡猾的笑容，讓人完全分不清楚誰才是狐狸精。談了將近十分鐘，孔天強終於從浴室走了出來，努力思考半天也想不到解決辦法，一出來又見到兩個女人的詭異笑容，讓孔天強感到一股莫名的惡寒。

「天強，你打算怎麼辦？」一注意到孔天強，孔天妙立刻回頭詢問孔天強。

「等到通緝令下來之後，你就沒辦法這樣悠哉地刷馬桶和洗浴室了喔？」

孔天妙的話和她剛剛的笑容完全兜不起來，孔天強不解地皺眉，孔天妙是不是在暗示什麼，但不管怎麼想他都想不出答案。

「不知道。但我一定不會連累姐姐。」最後他只能這樣回應。

「是嗎？」孔天妙聽見孔天強的回答，嘆了口氣說道：「我就想你會這麼說。反正不管怎樣，生活還是要過，其他的等通緝令下來後再說吧！」

「我絕對不會連累姐。」孔天強再一次強調，拳頭忍不住緊握：「我已經連累姐夠多了，這次絕對不會……」

「沒什麼連累不連累的，你忘了嗎？我們是一家人喔！」孔天妙莞爾一笑，她知道孔天強為何會用「已經」和「這次」這兩個詞，她和孔天強此刻心內所想的必然同一件事情。

五年前的妖災。

「抱歉。」

「對了，天強，今天的晚餐吃什麼？」一開始根本沒想過話題會被帶到這裡，看著孔天強的表情，孔天妙覺得有些難過，所以立刻轉了話題。

「你剛剛好像買了不少東西回來？」

「……牛排。」孔天強自然察覺到這生硬的轉折，為了不讓孔天妙繼續擔心，他只能順著話題回答。

「欸……只有牛排喔？」孔天妙的表情閃過一絲失望：「我還以為你這麼久沒有煮了，會弄得很豐盛。」

「姐，妳想吃什麼？」孔天強一聽，立刻說道：「我去補買材料。」

「不用啦，你現在的處境這麼危險，等等被賞金獵人堵到怎麼辦？」孔天妙立刻搖頭：「太危險了，所以不要。」

「不會……義大利麵，如何？」

「真的不用啦！」

「那就義大利麵。」

「等一下等一下！只有你一個人去我不放心！」孔天妙出聲阻止馬上要衝出

門的孔天強：「至少讓璃跟你去，不然我不會同意你出門！」

「欸……我才不想出去……」璃癱在沙發上，一臉嫌棄的樣子。

「走。」孔天強回頭看她，看到她那懶洋洋的模樣，孔天強只能祭出絕招：「我會買甜甜圈。」

「走啊，汝還在等什麼！」瞬間，璃就衝到了門邊，速度快得讓孔天強忍不住翻起白眼，真心覺得只要有甜甜圈，要這隻狐狸精殺掉麒麟或許都做得到。

「我出門了。」

「路上小心喔。」孔天妙對著孔天強的背影說，同時璃回頭看向她，兩人眼神對上的瞬間，不約而同地露出狡猾的笑容。

真的讓人分不出誰才是狐狸精。

在門關上之後，孔天妙的臉上卻頓時浮現難過和自責的表情，同時，心魔又再次緩緩出現在她的面前。

FOX SPIRIT

>>> Chapter.6_ 接二連三地來，如果這些都是甜甜圈就好了！

雖然一路警戒，依然沒有任何作用。

超市前面，孔天強停好車後，立刻發現自己已經在不知不覺間，進入了妖怪空間。對方為了設計他，刻意將整個空間弄得和馬路一模一樣，還抓準時機，在孔天強經過時瞬間開啟並瞬間關閉，以防閒雜人等也被抓進來。

「狐狸精。」孔天強回頭看她，此刻的璃已經彈出了耳朵和尾巴。

嗅著妖氣，璃知道這並不是孔天妙的計畫，而是賞金獵人的陷阱。

「真是討厭……」璃忍不住咋舌。

「咻！」突然間，什麼都沒有的馬路上射出不明物體，精準地攻擊孔天強的頸大動脈，速度快得肉眼無法看清楚。因為妖氣的流動，璃早一步察覺，立刻射出狐火打下那朝孔天強射來的不明物體，東西一落地，是日本忍者常用的苦無。

「明的不成就用暗的，而且還用這麼奇怪的技巧，真是討人厭。」璃從機車後座跳了下來，落地的瞬間，妖術陣自然而然地出現在腳下，璃一臉厭煩地說道：

「別浪費咱的時間，甜甜圈還在等著咱！」

對方自然不會等璃把咒文念完，更多的苦無立刻從前方射來。

他們的前方看似空無一人，實際上卻是障眼法，是對方用著未知的技巧，讓孔天強和璃根本看不見他。

孔天強的雙拳燃起火焰，衝到璃的面前，迅速地打下那密密麻麻的苦無。

「等、等一下！」就在苦無全數被擊落的瞬間，馬路上立刻傳來尖叫，接著地面隆起，一隻巨大的變色龍出現在兩人的面前：「我認輸！我認輸！太扯了，居然可以毀掉我的攻擊！」

「做不到。」孔天強冷著臉說道，就在他要出招的同時，火焰狐狸掠過他的身邊，一口氣將眼前的大變色龍燒成灰燼，孔天強忍不住回頭看向璃。

「怎樣？這是甜甜圈的憤怒！」璃一臉理所當然地說：「咱和汝不一樣，汝難不成以為妖怪和咱求情咱就會心軟？不好意思，只要是找上門的麻煩，咱都一視同仁，和某個總帶著偏見的蠢驢不同！」

孔天強聽出璃話語中的酸味，卻又無法反駁。

「還有汝別大意了，事情還沒有結束。」

璃的提醒讓孔天強立刻發現異常，雖然隨著變色龍妖怪的死亡，妖氣已經幾乎消散，但整個妖怪空間並沒有因此瓦解，很明顯地，有人接管了這個空間。

「啪、啪、啪！」孔天強身後傳來了拍手聲，他回頭，一看見拍手的人便徹底地呆住了。

是笑容先生。

賞金獵人協會排名第三的高手。

他正笑看著兩人，笑容裡帶著一絲若有似無的殺氣，孔天強知道他是那種越笑越可怕的人，自己根本不是他的對手。

「沒想到居然是秒殺，狐狸精小姐，實力不錯嘛。」笑容先生笑著說。

「汝在害怕？」璃察覺到孔天強神色中的緊張，不禁問道。

「我們會死。」

「對了，你們別想白費力氣企圖逃走喔。」笑容先生笑著，並停下腳步，此時他只距離孔天強她們不到十公尺。

「我從來沒有讓獵物逃走過。」

孔天強沒想到為了狩獵自己，機構居然讓賞金獵人協會第三的高手親自出馬，情況糟糕得超乎他的想像，棘手程度不輸與蟻后的那場對戰。

「狐狸精，只有妳一個人能逃走。」孔天強盯著笑著的笑容先生，一邊對璃低語：「他的目標是我，所以妳快走。」

「咱做不到。」相較於孔天強的畏畏縮縮，璃的態度一點都沒有面對強敵時的緊張，她大力地甩了下尾巴，一口否決了孔天強的提案。

「汝為何覺得咱可以直接丟下汝？咱可不像汝那麼無情無義啊，咱會陪汝到最後。而且，咱要是一個人先跑回去，咱一定會被妙妙給剝皮的。」

「她一定能諒解。」

「就算如此，咱也一定不會諒解自己。」

「喂喂，你們該不會忘記我的存在了？」笑容先生的聲音突然從孔天強的身後響起，孔天強瞬間寒毛直豎，只是一眨眼，笑容先生就消失在原地出現在他身後，孔天強腦袋都還來不及思考，立刻轉身就是一拳，拳頭雖然打中的身後的笑容先生，卻沒有任何一點打擊感。在孔天強還搞不清楚到底是怎麼一回事之際，被打中的笑容先生身上出現蛛網般的裂痕，下一秒，便化成一塊一塊的鏡面碎片，孔天強一看知道事情不妙，這是笑容先生的法術——

鏡中世界。

孔天強這才意識到自己已經在笑容先生準備好的籠子裡，一個麻煩的捕獸籠。

一切看似真其實為假，看似假其實為真，這裡就是排行第三的賞金獵人——笑容先生專門為狩獵而準備的獵場。

至今，還沒聽說過有誰能夠平安地逃出這裡。

四分五裂的笑容先生散了一地，孔天強沒天真地以為他會就這樣死亡，他知道一切才剛開始。落地的碎片發出金黃色的光芒，早已準備好的陷阱立刻發動，碎片變成飛刀，刀尖對著孔天強，以迅雷不及掩耳的速度從地面射向他。有多少碎片就有多少飛刀，密集的刀海一般人根本招架不住，但孔天強還是透過鍛鍊多年的動態視力和反應出招抵抗。

孔天強的拳頭擊中射向他的飛刀，但飛刀又多又密，他只能挑會造成致命傷害的飛刀攻擊，不過一會，他的身上就全是擦傷和血跡。其實孔天強可以選擇直接閃開，但如果他一閃，那麼依賴法術戰鬥的璃肯定會因為來不及防禦而成為最佳的箭靶，所以他只能選擇不停把所有飛刀擊落。

「嘖。」那不斷傳來的輕微刺痛讓孔天強覺得厭煩，他不知道自己是哪根筋不對，從沒想過自己居然會有保護妖怪的一天。這個念頭一起，許多的藉口立刻從他的腦海中浮現，不斷替自己的行為解釋，例如璃幫過自己多次或這是約定之類的，不斷嘗試著說服自己接受事實。

「黑影啊黑影，沒想到你居然變了。」笑容先生的聲音又突然地出現在孔天強左方，孔天強立刻轉身警戒，發現笑容先生正雙手抱胸，站在距離他十公尺的地方笑著。

「這麼憎恨妖怪的你，現在居然為了不讓妖怪受傷而拚命？你是吃錯藥了吧？」

「她和其他妖怪不同。」孔天強說出了一個連自己都不太相信的答案。

「喔？要不然對你來說是什麼呢？」

面對笑容先生的反問，孔天強沉默地看著他，那呼之欲出的答案根本無法說出口，孔天強已經意識到，璃對他來說已經不再普通，雖然依舊討厭她，但她確確實實有別於其他的妖怪。

「你是不是想幹人家？」笑容先生突然怪腔怪調地說出下流發言，孔天強瞬間臉色一僵，眼神不自覺地瞟向璃，接著立刻把視線挪走，試圖讓自己冷靜下來。

「不是這樣……」孔天強試著掩飾自己內心的動搖，但他的腦袋仍舊一片混亂——

「汝，戰鬥中還敢分心！」璃的叫聲讓孔天強頓時感受到一股殺氣——

「小心後面！」

孔天強轉身，數十把飛刀同時朝他飛射而來，孔天強從袖口滑出一張符咒，隨即點燃，腳下迅速出現八卦方術陣，八卦轉到「巽」卦，大量的強風立刻從方術陣中湧出，吹走那些飛刀。

「汝要是沒有咱的提醒，早就被捅成血坑了。這樣子居然還要咱自己先逃走，咱怎麼可能做到？」

「嘖……」孔天強完全沒辦法反駁璃的話。

「現在是二對一的意思嗎？這對我來說有點不公平吧？」雖然嘴巴上這麼說，但笑容先生依然一派輕鬆地笑著，顯然完全不把眼前一人一狐放在眼裡。

「咱還以為汝是好人，沒想到也是見錢眼開的傢伙。」璃那對火紅的雙眸盯著笑容先生，微微一瞇，臉上也出現一抹笑容，接著扯下那條笑容先生幫她弄的項鍊扔給他：「這東西咱不要了，還給汝！比起這東西，對咱來說更重要的是這蠢驢和妙妙！」

「喔——我還在想妳是誰呢。」睨了眼地上的護符項鍊，笑容先生微微露齒，接著看向璃：「原來就是上次那隻小不點狐狸精啊？怎麼才幾天就變得這麼大隻，真是嚇死我了。對了，妳說的妙妙是指黑影的姐姐孔天妙吧？很久沒有跟她聯絡了，她還好嗎？」

「就算很好也不關汝的事情，咱們只需要把注意力全部放在這件事情上就好了！」璃說著，身邊出現幾個火紅色的狐火球，璃咧開嘴一笑：「汝，做好受死的準備了嗎？」

「真是凶猛，虧我還覺得妳很可愛呢。我其實是個好人喔，但對我的獵物而言，我的確是個壞人。」

「咱相信汝一定知道所有狀況，這蠢驢根本不應該接受這樣的待遇！」

「我知道所有狀況啊，所以呢？我可是賞金獵人，總要找點事情來混口飯吃吧？而且我相信那些沒用又自大的傢伙肯定沒辦法處理這麼大咖的獵物，所以我就親自來了。」

「汝……」就在璃要衝出去的瞬間，被孔天強給攔了下來，璃瞥了孔天強一眼：「汝該不會因為對方是人類，又要手下留情吧？」

「在這裡用法術或妖術會被反彈。」

這是笑容先生特製的籠子，由鏡面構成的世界，法術或妖術只要碰到邊界的鏡面上，就會以數倍的力道被反彈，就算閃過，只要再碰上另一邊的鏡面又會再次反彈，一直到擊中術者為止。如果孔天強沒有阻止，璃像剛才那樣肆無忌憚地使用力量，那結局肯定只剩孔天強和璃的焦屍而已。

「那咱們要怎麼辦？」

「找到本體，他肯定也在這裡，只是我們『沒有看見』。」

和妖怪空間一樣，術者一定會在空間內維持整個空間的存在。同樣是無法看見，但與方才變色龍的偽裝不同，笑容先生的「鏡中世界」最大的特色就是利用鏡面的反射來製造很多眼睛看不見的死角，即使笑容先生就站在自己眼前也不一定能夠發現。

璃環顧四周，這挑戰勾起了她的興趣，她試著找出笑容先生的位置，但除了眼前那個沒有影子的笑容先生，她沒有察覺到其他人的存在。

璃動了下腦筋，心裡已經有了推測。

「那汝要保證，別因為對方是人類就手下留情。」

「這次不會。」

因為，不認真就會死。

「有個了解自己的對手真麻煩，原本想讓你們自取滅亡，看來做不到了。」笑容先生嘆了口氣，接著重新掛起微笑：「不過就跟你了解我一樣，我也很了解你，所以……我要認真囉？」

笑容先生彈了下手指，整個空間立刻出現蛛網般的裂痕，接著如同破碎的鏡面一樣，化成碎片散落一地，空間回復到鏡中世界的真實模樣，一個由鏡面組成的巨大迷宮。每一面鏡子都閃閃發亮，倒映著孔天強和璃的身影，層層疊疊、無限延伸。

「汝，這是怎麼回事？」還沒有看過水銀鏡的離一臉好奇地湊了上去，看著鏡中的自己，這大概是她第一次看清楚自己的模樣。那對火紅的雙眼仔細地東瞧西看看，想要看出這東西的端倪，看到最後，居然把自己的屁股湊向鏡面，一臉得意地對孔天強說：「咱的尾巴，果然是最漂亮的！」

看著一點緊張感都沒有的璃，孔天強覺得嚴肅的自己真是有夠愚蠢，他嘆了口氣，重新環視四周，想要找到突破口。

整條通道都是由鏡面構成，兩側的牆、地面甚至是天花板，看著無邊無盡的通道，就算花一整天的時間也走不出去。而且蠻力破壞不了這些鏡面，企圖用法術或妖術破壞，只會遭到反彈，根本不可能靠著破壞鏡子來強行攻略。

孔天強從沒遇過這麼麻煩的對手，過去的敵人不是互相偷襲就是單純的蠻力比拚，像這樣完全依賴智力處境，孔天強完全沒有經驗。

就在孔天強煩惱之際，他感受到法術的波動，他忍不住地皺眉，這破綻就像是故意要讓人發現一樣，他不相信笑容先生會犯這種低級錯誤。他看向四周，接著看見鏡中的自己正朝自己揮手，孔天強緊張地向後退了一步，看著鏡中的自己把手往臉上一抹，瞬間變成一張小丑臉扭曲地微笑著，手再一晃，手上便多了把飛刀，又再一晃，飛刀變成了兩把，就像魔術一樣。

孔天強沒有讚嘆，只是沉著臉盯著小丑。

——開始了！

鏡中的小丑雙手交叉，再次一晃，指間頓時夾滿飛刀，兩手共計八把，接著往孔天強一射，飛刀接觸到鏡面的瞬間立刻化為實體，原本虛幻的飛刀成為了真正的武器，早已警戒著的孔天強隨即閃開，為了避免飛刀射到另一邊鏡面造成反彈，他迅速出手打掉這八把飛刀。

「這位厲害的客人，歡迎來到笑容先生的世界！」笑容先生從小丑的身後探出腦袋，他依然笑著，接著彈了下手指，小丑立刻化成一道煙消失在原地，笑容先生笑著向孔天強一鞠躬，孔天強倏地轉身警戒，卻發現笑容先生已經出現在另一邊看著鏡子的璃面前。

「噢，真是美麗的狐狸精，這尾巴真是漂亮！」

「喔？汝也懂咱尾巴的好？」一聽見有人誇獎自己的尾巴，璃立刻自豪地用尾巴撩了下鏡面，在鏡中反射出來的尾巴居然真的碰到了笑容先生，笑容先生輕輕地撫摸了起來，這讓璃咯咯笑了幾聲：「咱的尾巴觸感如何？摸了之後，打算怎麼辦呢？」

「摸起來真不錯呢。」笑容先生輕柔地撫摸，讓璃感覺有點癢。

一旁的孔天強看了很不是滋味，他開始懷疑是不是只要稱讚她的尾巴，璃就會乖乖地跟人回家。

「真想割下來據為己有呢——」笑容先生咧開嘴，接著十六把飛刀從鏡面穿刺而出，射向面前的璃。

「就用我的『小丑遊戲』把尾巴剝下來吧！」

「小心！」孔天強低吼一聲，一個踏雲流步衝了出去，一把抱起璃並打下飛刀，瞪著懷中的璃，孔天強冷冷地問：「妳到底在想什麼？」

「汝幹嘛這麼凶啊！咱只是碰見喜歡咱尾巴的同好，所以才大意了一下。」

璃一臉不在意地嘟起嘴，重新站好，接著咧嘴一笑，甩了下尾巴：「咱可沒有變心，汝不必吃醋。」

孔天強聽到這話，立刻甩過頭去。

「還有，咱已經摸穿這傢伙的底了。其實根本沒什麼，只是汝比較蠢才沒發現。」

「……我現在不想鬥嘴生氣，我正在想辦法。」

「咱已經有辦法了。」

孔天強微微揚起眉，一臉不可置信地看著璃，她那胸有成竹的表情讓孔天強知道璃並沒有說謊，孔天強不明白這狐狸精的腦袋為何能動得這麼快，同時也大概理解到為何自己常常會被她耍著玩的原因。

「真是讓人羨慕的情侶，但遊戲還沒有結束喔！」笑容先生的聲音再次傳來，飛刀又一次從鏡面射出，這次飛刀的數量共有三十二把，正是之前的一倍。雖然數量增加，但孔天強依舊憑藉著自身的武藝將所有飛刀擊落，讓璃忍不住拍手稱讚。

「還不錯嘛，黑影，你比我想像中撐得還要久呢。」

孔天強知道，自己已經越來越吃力，但這對笑容先生來說卻只是「遊戲」。「小丑飛刀」的數量會一直倍增下去，一直到他完全沒有辦法應付為止，先是八，再來是射向璃的十六，接著是剛剛的三十二，下一次就是六十四……最後，是完全沒有辦法防禦的數量。

在那之前，一定要盡速解決掉。

「汝啊，知道有句話叫做『越想看見就會越看不見』嗎？」璃突然咧開嘴笑著問，接著離開孔天強身後，往笑容先生的方向走去：「咱一直很好奇這神奇的法術究竟是什麼原理，就在剛剛咱的尾巴被鑑賞時，咱終於明白了，雖然看起來很神奇，但實際上就是騙術，是利用各種技巧讓人『看不見』，而且越想知道就越會忽略。」

「小心！」孔天強立刻追了上去，想阻止璃那簡直堪稱自殺的行動，同時下一波飛刀已經射出，六十四把飛刀，密集得幾乎讓人看不見飛刀後的笑容先生。

但璃不疾不徐地彈下手指，腳下頓時冒出火焰將她包圍起來，冒出的火焰造成的溫差進而在讓空間裡颳起狂風，狂風將飛刀吹得七零八落、一一墜地，看著眼前毫無死角的防禦，孔天強覺得自己剛剛根本就是白費力氣，這隻狐狸精根本不需要別人的保護。

璃的小手一揮，火焰立刻散去，此時鏡面上顯示著笑容先生那張驚訝的臉，璃咧嘴笑著，站到他面前，璃燦爛的笑容讓笑容先生的臉看起來有點僵，接著璃二話不說朝著面前一揮手——

「啪！」響亮的巴掌聲隨即傳來，讓鏡子裡的笑容先生和一旁的孔天強瞪大了眼。

「汝看，事情就是這麼簡單。」璃甩了下尾巴，看向眼前一臉驚訝並逐漸從「大家的視線」中出現的笑容先生，一臉得意地說：「汝要和咱玩這種小把戲還早了一百年吶！咱一直覺得奇怪，咱明明聞得到汝的氣味，卻看不見真正的汝，所以方才才會小小地試探一下，就在汝碰觸到咱尾巴的時候，咱就發現汝其實一直都在，因為『不存在的東西不可能被觸碰』。這讓咱想到咱還是幼狐時，一直咬著水面，想把水裡尾巴和我一樣漂亮的狐狸拖出來一較高下的情形，當然，咱根本碰不到。」

這狐狸笑話瞬間冷場，但璃還是哼哼地笑了好幾聲。

「厲害，很少有人可以看穿我的把戲呢。」雖然計謀被拆穿，但笑容先生並沒有生氣，反而笑得更加燦爛，接著緩緩地說：「不過這才過了第一關喔？充其量只是開胃小菜，現在應該可以上主菜了吧？小心，別死了喔。」

話剛說完，下一秒孔天強立刻感受到強烈的法力波動，緊接著璃周邊的鏡面爆裂開來，那過近的距離加上事情發生得太過突然，孔天強完全來不及行動，璃也來不及召喚狐火保護自己，只能眼睜睜看著裂開的鏡面化成飛刀，刺進璃的身體。璃似乎想開口說些什麼，但咽喉被刺穿的她只能無聲地張著嘴，緩緩地向前倒下，鮮血漸漸地從傷口流出。

「——狐狸精！」孔天強咆哮著衝了出去。

「不好意思，我比較小心眼，應該沒有哪個魔術師在被人拆穿把戲後還笑得出來吧？所以就這樣囉——」笑容先生看著朝自己衝來的孔天強，表現一點都不緊張。一般的妖怪和人類很難看清楚孔天強的動作，但笑容先生不同，他不僅看得一清二楚，而且那動作就像被無限放慢一樣，一拍一拍緩慢得讓笑容先生想打呵欠。

「接下來這招叫做『笑吧笑吧馬戲團』，但是經歷過的人都笑不出來喔！在我的世界裡，能笑到最後的只有我自己啊！你能超越我的期待嗎，黑影？」

「呀啊——」孔天強的雙拳燃燒著猛烈的火焰，一股不祥的妖氣被包裹其中——

「這種衝動的行事風格，只會讓自己吃虧喔！越是憤怒的時候，應該要越冷靜才對。」笑容先生說著拍了下手，孔天強周圍的鏡面瞬間爆開，碎片化成無數飛刀往孔天強飛射：「你看，這個手段明明就在你面前使用過一次，但你還是……什麼！」

「吼——」孔天強的咆哮吹散因為爆炸而起的暴風，緊接著一股強大的妖氣隨著怒吼衝向笑容先生。孔天強的身體漸漸起了變化，黑色的妖氣纏繞在他的身上，在尾椎的地方形成了黑色的尾巴，此刻的他，看起來就像是披上了由黑色氣息組成的麒麟外衣，他的雙眼充滿血絲，視線凶狠，帶著強烈的殺意衝向笑容先生：「殺了你——殺了你！」

「喂、喂，開玩笑的吧？」看著孔天強的模樣加上那可怕的殺氣，笑容先生的表情瞬間僵住，不由自主地打了個冷顫，雖然對孔天強暴走的模樣早就略有耳聞，沒想到實際面對時，卻是如此地可怕，但過沒多久，他的臉上又重新出現更加燦爛的笑容：「沒想到真的變了啊？那個憎恨妖怪的黑影居然為了妖怪變成妖怪……」

「什……！」笑容先生的話讓還保有一絲理智的孔天強徹底動搖，身上的黑色氣息隨之失去形狀。

——為什麼我會因為狐狸精的事情而變成這模樣？

這樣的雜念，使因憤怒而形成的妖氣變得更加薄弱，但一看到倒在地上、滿身鮮血的璃，一股難以描述的情緒再次刺激了怒意，妖氣頓時暴增。只是，方才剎那的猶豫給了笑容先生非常好的時機，趁著孔天強分神之際，笑容先生撿起地上原本給璃的項鍊，從中提取出能夠壓抑妖氣的符咒進行加工，但陷入困惑與憤怒情緒的孔天強並沒有注意到。

——咱要甜甜圈！

那讓人厭煩的聲音突然出現在他的腦海中，這聲音讓他瞬間明白自己拚上性命甚至不惜變成妖怪的理由。孔天強的身體不由自主地顫了一下，他看向璃，答案清晰地浮現在他的心頭。

伙伴。

雖然不願意承認，但這完美地詮釋了至今所有他不能理解的行為，再怎樣欺騙他人的人也無法對自己的心說謊，更何況是孔天強這樣憨厚老實的傻瓜。

「轟！」突然的爆炸將孔天強拉回現實，出於本能的閃躲使他毫髮無傷，但猝然出現的煙幕卻讓他看不清楚周圍，下一秒突然感覺脖子被什麼東西套住，緊接著身上的妖氣立刻散去，孔天強一摸，是一條類似項鍊的東西。他想把東西扯下來，但手才一碰到鍊子，一股強烈的燒灼感讓他倏地收手。

「完成了，項圈。」笑容先生的聲音突然從孔天強身後傳來，他立刻轉身，只見笑容先生那令人發寒的笑臉竟距離自己不到十公分，他馬上向後迴避，與之拉開距離。

「這反應真讓人受傷，我又不是鬼。」

「你做了什麼？」

「封住你的妖氣，幫你套上項圈而已。雖然你想拿下來應該也是可以啦，只是要花一點時間，而我是不會給你時間的，畢竟我可沒有把握打贏那樣的怪物呢。」

孔天強艱難地擺出架式，全身不停冒出冷汗，在戰鬥中疏忽的人，就算死了也不讓人感到意外。太過複雜的問題得先放到一邊，孔天強知道現在自己最應該做的，是全力打倒眼前的敵人，趕緊將璃送去治療。

「沒有妖力可以使用，還是不打算放棄啊？」笑容先生冷笑出聲，雙手插進西裝褲的口袋：「不過，這樣有什麼意義呢？」

孔天強不想和他廢話多說，只想速戰速決，他一個箭步衝了出去。這附近的鏡子已經被笑容先生用得差不多，孔天強知道在這個範圍內，笑容先生已經沒有任何能夠偷襲他的手段。但下一秒，他立刻發現自己還是太過單純，只見地上那些被打落的飛刀又再次浮了起來。

「結束了，你覺得呢？」笑容先生笑著：「為了避免飛刀反彈造成傷害加倍，所以選擇將其擊落，但你大概沒想到，這仍然在我的計畫之中，從一開始你就沒有任何勝算。」

從戰鬥開始到現在，所有落在地上的小丑飛刀都是為了此刻的布局，利用孔天強熟知鏡中世界的特性這一點，引誘他擊落飛刀。此刻，碎裂鏡面形成的數百把飛刀再次從地面飄浮起來，對準孔天強，將他團團包圍。

這個可怕的數量，就算用「巽卦・嵐」也肯定沒辦法吹散，一時間又無法依賴那變態的妖力，所有能用的手段都被封死——

孔天強知道，自己死定了。

望著眼前包圍自己的飛刀海，孔天強的腦袋一片空白。

「汝啊，這玩笑是不是太過火了？」一道聲音突然闖進孔天強的腦海中，孔天強回頭，發現璃正緩緩地坐起身，悠閒地拔掉身上的飛刀，一如往常地露出調皮的笑容。那笑容讓孔天強有一瞬間的茫然，同時間，包圍住孔天強的飛刀紛紛落下。

「其實這樣子已經夠了，若是汝真的傷到這蠢驢，咱一定會翻臉。」

「好好，全都聽妳的，反正我也不知道接下來該怎麼辦才好呢。」笑容先生噗哧一聲笑了出來：「總之，整人大成功！」

「嘻嘻嘻嘻，孔天強現在這表情真的超好笑的！」

事情轉折得太過突然，孔天強完全無法理解究竟發生了什麼事。

「咳，嗯。」璃刻意地清了清喉嚨，看向孔天強那呆滯的臉，然後緩緩地說：

「咱可得先說，這全是妙妙布的局，咱們倆只是配合她而已。」

「到、到底是怎麼回事？」看著毫髮無傷的璃，孔天強一臉不知所措。

他知道就算璃的復原能力再怎麼強大，也沒有辦法在一瞬間變回毫髮無傷的樣子，就算真的復原也會有一段時間無法行動，但此刻的璃卻跟沒事一樣活蹦亂跳。

「咱還是從頭說起好了。一開始，咱見到笑容先生的時候，就確定他是妙妙說的合作人，汝最開始分心的時候他其實就可以下殺手，但他卻明顯地延遲了一下，咱才有時間提醒汝。」

「汝，戰鬥中還敢分心！小心後面！」

「接著咱就用一開始約定好的臺詞和他進行對話，依據關鍵句子的順序來進行安排。

「咱還以為汝是好人，沒想到也是見錢眼開的傢伙。這東西咱不要了，還給汝！

比起這東西，對咱來說更重要的是這蠢驢和妙妙！」

「喔——我還在想妳是誰呢。原來就是上次那隻小不點狐狸精啊？怎麼才幾天就變得這麼大隻，真是嚇死我了。對了，妳說的妙妙是指黑影的姐姐孔天妙吧？很久沒有跟她聯絡了，她還好嗎？」

「對話到這裡，咱就知道妙妙的計畫開始了，接著就是確認一開始說好的事情，話說在這裡咱似乎被不著痕跡地稱讚了呢。」

「就算很好也不關汝的事情，咱們只需要把注意力全部放在這件事情上就好了！汝，做好受死的準備了嗎？」

「真是凶猛，虧我還覺得妳很可愛呢。我其實是個好人喔，但對我的獵物而言，我的確是個壞人。」

「咱相信汝一定知道所有狀況，這蠢驢根本不應該接受這樣的待遇！」

「我知道所有狀況啊，所以呢？我可是賞金獵人，總要找點事情來混口飯吃吧？

而且我相信那些沒用又自大的傢伙肯定沒辦法處理這麼大咖的獵物，所以我就親自來了。」

「過程中，咱還向他確認計畫究竟要怎樣才能進行下去，就是咱讓他摸尾巴的時候，他在咱的尾巴上寫了『詐死』兩個字，咱就乖乖地躺下囉！」

「血……」愣了老半天，孔天強好不容易從嘴中吐出一個字。

「在爆炸的瞬間，飛刀被我全部替換成玩具飛刀了，會噴血的那種喔。」笑容先生一邊說著，一邊拿起其中一把，當著孔天強的面前按壓了幾下，假血立刻從刀尖噴出，是常見的魔術道具。

「然後你的行動就跟我們預料的差不多，就連狐狸精把項鍊還回來也是計畫的一部分，目的是為了避免你真的妖化。」

「到底……有哪些是真的……」

「大概就是咱識破這空間把戲的時候吧？」璃得意一笑，甩了下尾巴：「咱想著，若是要演就要演得像一點，就努力地去識破這把戲囉！」

「拜託，這讓我很為難耶！這可是我狩獵的機密手段耶！」笑容先生嘆了口氣：「不過我沒想到居然會被妳看穿……」

「就跟咱說的一樣，這種小把細想騙咱還早了一百年！」

「還真是有趣，希望有一天可以認真地和妳打一場啊。」

「不過汝不生氣嗎？咱們殺掉汝同伴之事。」

「賞金獵人基本上都是獨立自私的，這一點，上次進攻螞蟻精總部前我似乎說過了吧？我根本不認為他們是同伴，既然敢出來戰鬥，自然該做好被殺的覺悟，還有你們殺了紙張其實算是為民除害了，這傢伙有許多玩弄女性獵物的不良前科，基本是個人渣，死了一個人渣真的沒什麼好可惜的。」

「這一切，都是騙局嗎？」孔天強插話進來，生性認真的他依然無法接受事實。

「一半一半。」笑容先生雙手一攤：「只有我的事情是事先計畫好的，吊死、紙張等人和忍術大師是單純為了錢才過來的。」

「汝可知道，妙妙很擔心汝嗎？」

「這還只是剛開始而已，你的懸賞金現在是十萬美金，這還不是『機構』發布的懸賞，接下來你的懸賞金只會越來越高而已。」笑容先生接著說：「剛剛的戰鬥，我相信你應該知道自己的實力究竟在哪裡了吧？如果不是欠天妙人情，我真的可能會接下委託來殺你，如果我認真起來，你根本不可能還活著。」

「在汝刷廁所時，妙妙就安排了這個計畫。」璃接著說下去：「汝衝動的行為真的讓人非常擔心，汝完全不清楚當下最好的選擇究竟是什麼。」

「你們……」雖然知道這一切都是孔天妙策畫的，但被當白痴要的孔天強還是忍不住地發火，轉身就要給笑容先生一拳，下一秒，一陣天旋地轉，在孔天強意識到的時候，他已經被笑容先生壓制在地上，形成一個「地板咚」的姿勢。

孔天強沒想到習武多年的自己居然會被擅長法術的獵人給壓制，他瞪大了眼看向距離自己不到十公分的笑容先生，那張臉布滿了歲月的痕跡，兩人距離近得甚至感受到彼此的呼吸。但那眼神沒有透露出任何殺意，取而代之的，是滿滿的鄙視。

「連體術都沒有辦法壓制我，你還不清楚自己有多弱嗎？」笑容先生的語氣帶著輕蔑：「以你的實力，如果碰到排名前三的賞金獵人肯定必死無疑。」

孔天強沒辦法反駁，只能忿忿地撇過頭去，一臉不甘心地咬著牙，即使不想承認，但他知道笑容先生說的這些全都是事實。

「你有沒有想過，現在大家都要找你麻煩，如果你真的就這樣死了，那天妙要怎麼辦？」笑容先生並沒有因為孔天強的逃避而放棄攻擊，反而冷笑了幾聲：「難道要讓她回到孔家？不可能的，你一死，相信我，天妙不是自殺就是發瘋。」

孔天強的臉色變得更加凝重，他知道這些話並不是胡謅，而是有可能發生的事實。

「我相信現在你知道自己的弱小了，對吧？就算你用妖力和我戰鬥，就算讓你打贏我了，但那爆炸性的力量肯定會讓你徹底虛脫，到時候別人趁虛而入就非常容易，屆時你只有死路一條！」

「現在的我沒有其他選擇……」

「不，你有，只是你不願意選擇，那就是加入妖怪會！」笑容先生的話讓孔天強一臉錯愕。

「那裡有人可以幫你擺平機構的通緝，還有人可以教你學會怎樣控制你的力量！我知道你不喜歡妖怪，但為了活下去，你必須變得成熟，你現在的幼稚和天真只會殺了自己！」

「……你是妖怪會的人？」

「沒人說加入妖怪會就不能當賞金獵人吧？」

這反問讓孔天強無言以對。

「咱想問問，汝等為什麼要用這種方式說話呢？笑容，不知道為啥，咱看到汝這樣壓在這蠢驢身上，咱就有點不開心，感覺好像有什麼被搶走了。」璃甩著尾巴，蹲到了孔天強和笑容先生身邊、雙手捧著臉說：「但咱又不懂了，看到兩個挺好看的男人趴在一起，咱又有想繼續看下去的衝動，甚至還希望發生點什麼事情……汝等，有人能和咱說說這是怎麼回事嗎？」

「咳，嗯。」笑容先生立刻爬起身來，刻意無視璃的問題，接著他彈了下手指，讓空間瓦解，準備轉身離開：「總之，我的任務已經完成了。黑影，好好想一想下一步到底該怎麼做吧！」

孔天強坐起身來，陷入沉思。

FOX SPIRIT

>>> Chapter.7_然後，開始前進……

孔天妙不難看出孔天強正在生氣。

孔天強大力地甩上門，關門時的巨響讓璃嚇了一大跳。

看著孔天強生氣的樣子，孔天妙感到意外地懷念，他現在就像小時候和自己吵架時的模樣，冷著臉不說話。雖然知道這樣子不對，但孔天妙還是忍不住地開心，她已經好幾年沒有看見孔天強這個樣子，這幾年，看到的就只有他對妖怪的憎恨。

孔天強那壓抑多年、屬於「人類」的情感正逐漸被找了回來，他的心中已經不再只有憤怒。

經過客廳的時候，孔天強不小心和孔天妙對上了眼，雖然有很多話想說，但他不知道該怎麼開口，他害怕一開口自己就會失控，就像以前一樣。他能理解孔天妙的用心良苦，但這和她把自己要著玩是兩碼子事情。內心想要生氣，但一想起孔天妙的目的，又讓他無比地糾結，他知道自己不該生氣，也沒有資格生氣。

「你今天有見到劉家光吧？就是被你們稱呼為『笑容先生』的男人。」

「唔！」孔天強沒想到孔天妙會這麼直接，一時間反應不過來，只能乖乖地點頭，剛剛想好的千言萬語也被徹底地打亂。

「在你們回來之前，家光就先跟我說了大概的情況，事情的發展變得很不妙呢，而這只是剛開始而已。」

「姐……認識笑容先生？」

「七、八年前就認識他囉，他是家全的哥哥，只是因為家光那時候在海外，所以你才不認識他，何況在賞金獵人協會大家都是用代號互相稱呼，所以你才沒有注意到吧。」

孔天妙的解釋讓孔天強瞬間瞪大雙眼。

劉家全，孔天妙死去的未婚夫。

「事情已經過去好幾年了，我們現在只是偶爾有聯絡。」

這百分之百是謊話，其實笑容先生一直都和孔天妙有聯絡，特別是在孔天強加入賞金獵人協會後，如果是危險的任務，笑容先生都會和孔天妙說明，就連孔天強被送去妖怪會的事情也是他跟孔天妙說的。

「既然如此，為何不幫忙討伐螞蟻精？」

「為什麼要幫你討伐？」

「這……」孔天妙的反問，讓孔天強說不出話。

「家光的法術適合一對一戰鬥，像那樣一對多而且又有用不完棄子的情況，對他來說很不利。而且他也有對他來說非常重要的人，所以他只會接自己有絕對把握的工作。」

這理由十分充分，讓孔天強沒有任何一點意見。

「題外話就到這裡，你現在有什麼想法？」

孔天強看著孔天妙，不知道該怎樣回應這個問題。

「你現在還很弱小。」孔天妙毫不猶豫地朝孔天強開槍：「弱得連保護自己都很困難。你這樣蠻衝還能活到現在，全是因為你過去的對手都沒有強到會對你造成困擾，但萬一碰到……」

「夠了……」孔天強皺著眉，表情糾結地看著孔天妙。他對自己的無力感到生氣，他知道自己的才能完全比不上孔天妙，但他依然一直努力著，只是努力的結果還是比不上現實的殘酷。

「我才覺得你夠了。」孔天妙沉著臉回應：「你可以……別再讓我擔心了嗎？」

「……抱歉。」

「我要的才不是道歉！」孔天妙拉住孔天強的手，淚光在她漂亮的眼睛中閃爍，孔天強感覺心臟像被什麼東西揪住，讓他忍不住難受地咬著下唇。

他從沒看過孔天妙這模樣，這麼多年來，甚至在劉家全的葬禮時，他都沒有看見孔天妙哭過。

孔天強確實感受到孔天妙的擔憂。

一想到這裡，孔天強就什麼都說不出口了，他唯一能拒絕的理由實在太過幼稚，什麼「不想去全是妖怪的地方」，完全是不懂社會現實的小鬼才會說的話。

孔天強知道只有去妖怪會才能解決棘手的現況，但因為這幼稚的想法，他才會一直如此抗拒，看來是時候拋下這天真的想法了。

單純地，不想讓孔天妙難過。

「我想要你好好活著……」孔天妙的聲音微微顫抖：「我只剩下你這個家人了……」

「我知道。」孔天強感覺被抓住的手有點痛，那不安的顫抖不斷地傳來，但孔天強還是說道：「我害怕在全是妖怪的地方，我會失控。」

「但你現在不是和璃處得很好嗎？」

「她是特例。」孔天強原本想反駁，但嘴巴卻先一步將這句話說出口。

「咱和這蠢驢才處得不好呢！」璃在這時插話進來，站起身，雖然表現得一臉不滿，但身後的尾巴卻出賣了她。

「這蠢驢，總是欺負咱，咱可不認為和他處得好！」璃的話讓孔天強瞪了她一眼，璃也回了他一個鬼臉。

「妙妙汝看，這眼神根本是想把咱生吞活剝嘛！還有還有，之前會一直買甜甜圈，就是欺負咱後，為了避免咱打小報告才買來堵住咱嘴巴的證據！」

「妳……」孔天強的嘴角微微抽動，沒想到自己和璃談判的結果居然會被當成陷害自己的證據，青筋在他的額頭上浮出，他立刻冷冷地說：「下次不買。」

「咱、咱錯了！咱逗汝的，汝又何必跟咱認真！拜託，沒有甜甜圈咱一定會死！」

看著璃那條甩動的尾巴，孔天強知道眼前這狐狸精雖然眼神和語氣都演得十分到位，但全部都不是她的真心話。而且璃嘴巴上這麼求自己，到了下次，孔天強肯定還是拗不過璃請求，一定會糊里糊塗地又買了甜甜圈給她。

孔天強看著孔天妙臉上因為這小事而出現的笑容，他知道這樣的壓榨生活暫時不可能改變，而且就跟孔天妙說的一樣，自己確實和璃相處得不錯，不僅沒有殺了她，甚至在心底將她認定為伙伴。

這個時候再把一切都歸咎在和璃做的約定上，那就太過自欺欺人了。那些約定早已不是束縛，就算沒有約定，孔天強現在也沒有辦法對璃痛下殺手。

他已經習慣了有這隻狐狸精的生活。

回想今天的種種，如果他真的不重視璃，根本不會因為璃的倒下而大動肝火。現在要他老實地承認有點難度，但事實就是事實，就算再怎樣欺騙也騙不了自己的心。

雖然認定璃是伙伴，但這不代表孔天強對她的感情是友情或愛情，真要說的話，大概就是別人說的「革命情感」吧。畢竟進攻螞蟻精總部那次，兩人成為了真正同生共死的伙伴。

孔天強找了很多解釋想說明清楚這種關係，但他忍不住對自己的行為感到可笑，不管再怎樣解釋，都改變不了現實和內心的感受。

——當初沒有殺她果真是個錯誤。

這個念頭突然地閃過，他忍不住地苦笑起來。

「我沒有辦法和妖怪會的其他妖怪成為朋友。」孔天強在思考許多後，緩緩地開口說道：「但是，我會利用他們變強。」

「沒有一定要你和他們成為朋友，而且朋友也不是想交就能交的，畢竟你有那麼『光輝』的前科，妖怪們躲你都來不及了。」孔天妙笑著說，讓孔天強感到有些尷尬。

「而且，搞不好會在不知不覺間就變成朋友喔。」

「我會加入妖怪會的。」孔天強終於說出一直難以說出口的決定，很神奇地，雖然感覺有些彆扭，但說出口的瞬間，卻有種如釋重負的感覺。

「我一定會支持你！」

「我會在那裡不斷、不斷地變強，把那裡的一切都當養分，他們不是同伴，是讓我變強的肥料。」

「這個肥料雖然營養，但是不好吸收喔？」

「我會努力……一直努力。」孔天強的雙眼充滿堅定，這是璃第一次聽到孔天強這麼多話。

「那就去吧。」

「我一定會打贏姐姐。」

「我會期待那天的到來。」孔天妙輕輕地笑著。

「從被保護的人變成保護人的人……」

「你一定可以的，因為你是我親愛的弟弟啊。」孔天妙燦爛一笑，孔天強有些難為情地別開了臉，轉身走進廚房。

就算已經做好了決定，孔天強並沒有馬上出門，而是先處理起之前買回來的肉。

過程中，對於料理手法感到好奇的璃不斷探頭，甚至還企圖偷生肉吃，太過興奮的她甩著尾巴，讓整個廚房全是她的狐狸毛，有些甚至還飄進醃肉的碗裡，讓孔天強狠狠地敲了她的腦袋，將她扔出廚房。

在把食材處理好後，孔天強和璃再次出門來到妖怪會的辦公大樓。

孔天強沒想到，自己居然會在一天之內回到這個過去被自己視為敵人大本營的地方。他平常完全不想接近這裡，因為他會有種想衝進去殺光所有妖怪的衝動。

「我要入會。」走到櫃檯，孔天強劈頭就這麼說。

現在待在櫃檯的不是早上那個人類女生，而是一個妖怪男生，所以孔天強忍不住地沉著臉，眼神甚至還帶著殺氣，嚇得櫃檯的服務人員不斷地發抖。所幸有人通知櫃檯如果孔天強來的話要怎麼處理，所以孔天強沒有在櫃檯待太久，即使如此，櫃檯人員的壽命也被嚇掉了一半。

出來接待孔天強和璃的，正是亞麗莎和林家昂。一看到兩人，孔天強的臉色更難看了。

「這不是早上那個很囂張的人類嗎？」早就知道孔天強會來的亞麗莎臭著臉，語帶著酸味地說：「怎樣，早上不是很瀟灑地拒絕我們嗎？現在又來這裡，也虧你有臉回來，如果是我的話，打死都不會再進來了呢，真是不要臉。」

面對亞麗莎臭著臉的酸話，孔天強額頭的青筋正微微躁動，沒想到決定改變跨出的第一步，居然會踩到刺腳的小石頭。

一旁的璃看見這一幕，非但沒有替孔天強出氣，反而還竊笑了起來。

「亞、亞麗莎！」一旁的林家昂見兩人的眼神已經擦出火花，立刻站到中間試圖阻止衝突擴大，因此還被亞麗莎狠狠地踢了小腿一腳。

「好痛！妳到底要幹嘛啦！」

「哼！」亞麗莎甩過頭去，雙手抱胸，一臉不屑又生氣的模樣，不過他非常清楚，亞麗莎是因為最近任務繁多、各種忙碌，導致沒有辦法追新番和玩新買的遊戲才會鬧脾氣，說穿了就是在撒嬌，所以林家昂並沒有跟她計較，而是選擇包容。

「不好意思，雖然嘴巴上這麼說，但她其實不討厭你們，也沒有想趕你們走的意思……」林家昂向孔天強解釋道歉，這才讓孔天強的表情舒緩了一點。

「你們跟我們走吧，尤羅比斯似乎有事情要跟我們所有人說。」

孔天強一聽到這個名字，眉頭輕輕地一皺，這個名字他有深刻的印象。

尤羅比斯，臺灣妖怪會的負責人，一個非常強大的古老妖怪。孔天強上次和她見面，是五年前的麒麟討伐戰，老實說，那次的戰鬥光靠人類根本無能為力，但因為有尤羅比斯的幫忙，所以妖怪獵人才能勉強阻止麒麟，沒有讓事情擴大成嚴重的妖災。

孔天強和璃跟著亞麗莎他們來到尤羅比斯的辦公室前，一路上，璃不斷一臉好奇地東張西望，孔天強也因為四周瀰漫的妖氣而神經緊繃。就在林家昂要敲門之際，門先一步打開了，一男一女從辦公室內走了出來，兩個人的身上都穿著學生制服，目測是國高中生。孔天強看見兩人胸口繡的名字，立刻眉頭一皺，因為這兩人——正確來說應該是一人一妖大有來頭。

臺灣妖怪獵人共有三大家，分別在北中南各為一方翹楚，這三大家分別是臺北孔家拳術流、臺中端木家科術流以及臺南羅家古道流。

孔天強看著擦身而過的兩個學生，男生的名牌上繡著「端木楓」，女生的名牌上繡著「端木愛麗絲」，是臺中科術流的人。

提到科術流，孔天強立刻想到上次救下璃的那場戰鬥，偷襲自己的雄蟻用的靈力手槍無疑就是科術流的產品。此刻又碰見端木家的兩人，孔天強忍不住懷疑是否有其他他所不知道的事件正在發生。

同時，孔天強也明白，妖怪會現在在臺灣的勢力已經超乎他的想像。

據他所知，臺北的孔家一直長期和妖怪會進行檯面下的合作，因此妖怪會才有能力對機構做出一定程度的干預。除此之外，最近聽說臺南羅家的下一任的當家和妖怪會的人也非常親密，正式加入妖怪會只是時間上的問題。最後是端木家，雖然不知道他們來這裡是要做什麼，但顯然有一定程度上的合作。

這樣一算，臺灣妖怪獵人三大家都已經成為妖怪會的力量，看來妖怪會的實力已經遠遠凌駕根本沒有太多約束力的《人妖對策法》之上。

「唉，麻煩死了……」端木楓一個人不斷地嘀咕，那張不錯看的帥臉一副沒什麼精神的模樣，讓人看了覺得十分慵懶，但在經過孔天強身邊時，他的眼神瞬間變得銳利，他瞥了孔天強一眼，眼神和孔天強對上。僅僅不到一秒的對視，兩人並沒做出有多餘的行動，只是互相知道了彼此的存在。

「楓，難得來臺北，我們去吃一點好料的嘛！」一旁的端木愛麗絲扯著端木楓的衣袖嬌嗔著，端木楓的臉上沒有任何表情，似乎很習慣這樣的模式。端木愛麗絲散發的氣息和端木楓截然不同，不僅是個大美人，還給人十分有活力的感覺，如果不是那強大到不尋常的妖氣，就和路邊的活力美少女沒什麼兩樣。

孔天強根本沒有想過，有生之年居然能夠親眼看見龍。是龍的氣息。

「麻煩死了，我才不要。」

「那就決定去吃一蘭拉麵！」

「喂，妳有沒有在聽我講話啊……麻煩死了！」

看著兩人漸行漸遠的背影，孔天強的思緒有點複雜，連那樣的後生晚輩都可以和龍搭檔，相較自己現在的情況——

「汝啊，在發什麼呆？」璃扯了下孔天強的袖子，這才讓孔天強回過神來。璃的腦袋瓜不知道何時探到孔天強面前，她眨眨那對火紅色的漂亮大眼睛，接著似乎看出什麼地微微揚起嘴角：「汝該不會是被那還不成氣候的小龍女嚇到說不出話了吧？」

孔天強瞥了她一眼，繞開了璃，走進尤羅比斯的辦公室。

「咱可要先說，咱若是取回所有的妖力，肯定比那小龍女還要強個三倍！」璃一邊強調自己的重要性，一邊跟著進了辦公室。

一進到辦公室，孔天強立刻看見坐在辦公桌後的尤羅比斯。

尤羅比斯雖然坐著，但不難看出她的身高非常地高，起碼有兩公尺以上。雖然是在室內，她身上仍穿著一如往常的寬鬆黑色大風衣，手上不知為何帶著黑色的皮手套，這身打扮在這個季節，光用看的就讓人覺得悶熱。除此之外，她的臉上還纏滿繃帶，只露出一隻金色的右眼，讓人看不清楚她的面容。這奇特的打扮，全是因為她是來自埃及的木乃伊的緣故。

尤羅比斯的身旁，有一隻巨大的哈士奇正趴著打呵欠。

哈士奇全身長滿黑毛，有著一條長長的尾巴，那巨大的身形站起來最少有一個成年人的高度，外表看起來有點萌，但其真實身分是被古代埃及人奉為神明的冥府之神——阿奴比斯的眷族，也是臺灣妖怪會的副負責人。

孔天強一直不明白，為何臺灣的妖怪會是交給埃及來的妖怪管理。但無庸置疑地，在這兩位的管理之下，臺灣妖怪會半個世紀來都沒有出過差錯。

「孔天強，好久不見，別來無恙？」身為女人的尤羅比斯有著與性別完全不相符的沙啞聲音，先是簡單地問候，示意四個人坐下。

孔天強沒有回應，只是沉著臉盯著她。

「別浪費時間在那邊說廢話好嗎？」亞麗莎翹著二郎腿，一點形象都沒有，她一臉不耐煩地對尤羅比斯說：「妳可以快點把事情說完嗎？我還有很多事情要忙耶！」

「妳要忙的事情只有打電動吧？」尤羅比斯回應，沒有因為亞麗莎的態度而動肝火。

「是又怎樣？我本來不用來處理這種小事！」

「說得也是，有句話說『殺雞焉用牛刀』，這點小事就讓傳說中的吸血鬼大人出馬確實有點太浪費了……北愛爾蘭最近有不知所屬的龍出沒，妳想去調查看看嗎？」

「不要，妳真的派我去，信不信我毀掉整個北愛爾蘭？」

「妳做不到。」

「但是他可以。」亞麗莎指向林家昂。

「亞、亞麗莎！」林家昂一臉為難。

「……我們長話短說吧。」尤羅比斯的話讓亞麗莎臉上浮現得意的笑容，尤羅比斯忍不住嘆了口氣，對著孔天強跟璃說：「螞蟻精的事情只是開端，就算殺了蟻后，事情也並沒有結束，所以我想請你們幫忙一些事情，可以嗎？」

雖然是帶有「請」字的疑問句，但孔天強知道自己根本沒有拒絕的餘地，不只是因為現在寄人籬下，更是因為這本來就是他們的目的。

「根據情報，螞蟻精的實驗數據已經轉移到同樣參與計畫的成員手中，也就是白盤合庫的百毒蜘蛛精和龍里人壽的黑皮蚯蚓精上。我不認為幕後黑手會因為蟻后的死亡放棄所有實驗。」

「……他們到底有何目的？」孔天強問。

「你知道十字軍東征嗎？」尤羅比斯反問，孔天強先是困惑地看著她，然後點了點頭。

「十字軍為了信仰而發動戰爭，為了排除異己，甚至願意奉獻生命。他們現在想做的事情，就是臺灣版的十字軍東征，為了己身的信仰，決心排除在臺灣的所有異己，也就是西方的妖怪。」

「這也和西妖殲有關嗎？」林家昂插話進來。

「那群瘋子，真的是不會膩耶！」亞麗莎也一臉不耐煩。過去，亞麗莎和林家昂曾多次和西妖殲交手，就連林家昂會變成半吸血鬼也和西妖殲有很大的關係。

「其他的你應該都知道了，到時候真的發動戰爭，就有可能進一步地造成妖災。」

孔天強握緊拳頭，他並不是因為即將發生的災難而感到憤怒，而是因為有機會碰到麒麟而感到心緒激昂，他腦袋一轉，發現加入妖怪會後，甚至還有機會利用妖怪會來報仇雪恨，讓他覺得自己當初的選擇果然沒錯。

尤羅比斯並不清楚孔天強的心思，但她也沒有多問。

一旁一直保持沉默的璃則是不斷盯著尤羅比斯包滿繃帶的臉，尾巴輕輕地甩著，她想透過尤羅比斯的表情來判斷妖怪會究竟可不可靠，從尤羅比斯唯一露出來的那隻金色眼睛上，璃認為妖怪會基本上是可以信任的組織。

最少，沒有謊言的氣味，只是單純的話術。

「接下來就是林家昂的事情了喔。」尤羅比斯說著，看向林家昂，被點名的林家昂立刻挺直腰桿：「在正式開始前，我希望你可以幫忙鍛鍊孔天強。」

「我嗎？」林家昂一臉錯愕：「我、我可以嗎？」

「喂，臭木乃伊，可別太過分！什麼事情都要找我們，妖怪會是沒人了嗎！」

「你可以的，以你現在的實力絕對可以榮登世界妖怪的前幾名，雖然你是半妖，但不得不承認，你有當妖怪的天賦。」尤羅比斯無視亞麗莎的抗議，繼續對林家昂說：「而且孔天強的煩惱和你的情況有點像，雖然本質不同，但你可以和他分享控制妖怪力量的心得。還有你放心，劉家光也會跟你一起去，另外還會找專門的封印師來避免情況失控。」

「……好的，我知道了。」

「喂，妳故意無視我嗎？妳這死木乃伊！」亞麗莎叫著就要跳上尤羅比斯的桌子，立刻被林家昂給一把抱住。

「快放開我啦，你這該死的無腦男！隨隨便便就答應人家，你到底有沒有腦子啊！」

「乖啦乖啦！」林家昂用扭曲的笑臉說著，一邊發出嘿嘿的怪笑聲，不管怎麼看都像是誘拐羅莉的怪叔叔。亞麗莎不斷地在林家昂懷中掙扎，其實憑她的力量，如果想從「人類狀態」的林家昂的懷中掙脫根本輕而易舉，但她卻神奇地掙脫不了。

看起來就像是隻蹭人的貓咪。

孔天強和璃不約而同地看向林家昂和亞麗莎。

孔天強感到好奇，這身上一點妖氣都沒有的半妖到底為何會被懸賞一百萬美金，更不清楚為何尤羅比斯為何會如此信任他。

璃看著亞麗莎，忍不住地好奇，如果自己也變成那模樣往孔天強的懷中鑽，他是不是也會這樣摸摸自己的腦袋瓜。

「孔天強，你的基底其實不差，只是因為心理因素所以才讓你進步緩慢，要不然你早就是業界數一數二的妖怪獵人了。」尤羅比斯的話讓孔天強覺得很奇怪，感覺就像是妖怪會在鼓勵他去狩獵妖怪一樣。

「你真的想要改變，就先從你自己開始吧。」

「我不會忘記那一天的事情。」孔天強沉著臉看著她，然後緩緩地說。

「沒有人要你放棄憎恨麒麟會的妖怪，但不應該是憎恨所有的妖怪。」

「我盡量。」

「好了，如果沒有問題，那麼會議就開到這裡，其他的事情會再通知你們，你們可以回去收拾簡單的行李了。」

「咱有問題！」璃立刻舉手說道：「汝等，該不會還不知道咱家的蠢驢現在是什麼立場吧？他現在正要被那個什麼機構的通緝啊，咱可不認為在這狀態下，咱們還可以開開心心地去完成汝等交付的事情！」

「那件事情已經搞定了，就在孔天強決定加入妖怪會的時候。」尤羅比斯立刻給了璃她想要的答案：「我們說明的理由是『這一切都是妖怪會主使，妖怪會判斷螞蟻精會妨礙人類和妖怪間的和平，才請賞金獵人黑影前去討伐』，政府和機構也都認同了這個說法，所以不會對孔天強進行通緝。至於要不要回去當賞金獵人，全看孔天強自己的判斷了，畢竟沒有『加入妖怪會就不能當賞金獵人』的規定。」

「真是有效率的組織。」璃咧開嘴，甩了甩尾巴，面對如此有效率的處理方式，她感到非常滿意，這代表著眼前最大的難題已經解決了。

但孔天強的表情和心情都有點複雜，他從沒想過自己居然會有接受妖怪會幫助的一天。

璃察覺到他的心思，雖然想叫他別想太多，但她沒有開口。她非常清楚，這彆扭並不是一天兩天就能解決的，否則孔天強也不會憎恨妖怪這麼久。她決定不多說什麼，拉著表情複雜的孔天強離開妖怪會的大樓。

一離開大樓，璃馬上就聞到了附近甜甜圈店飄來的香味，雖然努力克制著，眼神還是忍不住地往甜甜圈店瞟，這次她卻沒有向孔天強蹭甜甜圈吃，而是乖乖地坐上機車後座。

這是因為顧慮到孔天強現在的心情。

孔天強注意到璃的眼神，原本還在想著要怎樣跟她「決鬥」，沒想到璃卻沒有做出他預想中的行動，突然這麼乖巧反而讓孔天強懷疑璃是不是又在盤算什麼。

「怎啦，還不回去嗎？汝不是要做晚餐？」

孔天強推測璃現在是在替晚餐留肚子，所以才會有反常的舉動，這樣一想，孔天強頓時感到安心不少。

孔天強發現自己其實有點羨慕璃，羨慕她可以像單純地為了自己的欲望行動，自由自在地什麼都不在意。相較於自己，背負得太多、想得太多、恨得太多，孔天強幾乎已經忘記快樂是怎樣的感覺了。

「我們回家吧。」孔天強跨上機車，發動引擎後往家裡的方向駛去。

雖然這狡猾的狐狸精常常把他耍得團團轉，孔天強也知道對方是自己憎恨的妖怪，但無庸置疑地，這狐狸精已經在他心中有著一個專屬的角落。

他沒想到自己居然會對妖怪說出這樣的話。

——我們回家吧。

FOX SPIRIT

>>> Bonus_ 狐狸精的第一次入浴

「嗝——」璃一臉滿足地攤在沙發上打了大飽嗝，明明已經吃飽一個多小時了，璃卻還是這樣癱著，看起來就像廢人一樣，手腳像是一灘爛泥般垂著，如果沒有那條不斷甩動的尾巴，肯定會被誤認成章魚精。

果然沒有讓璃失望，孔天強做的飯菜雖然不知道是什麼，但卻美味得讓璃那張饞得要命的狐狸嘴沒停下來過，特別是肉塊在入口時瞬間化掉，肉汁滿溢整個口腔，現在想起來，璃又忍不住地甩起尾巴。

「咳嗯！」就在璃流著口水回味之際，孔天妙操作著電動輪椅來到她面前，笑著看著她，璃慵懶地回看，完全沒有理解孔天妙的意思。

「說好的洗澡呢，小璃？」

「唔！」一聽到這個名詞，璃立刻從沙發上彈起來，接著整個人貼著牆，一臉驚恐地看著孔天妙。狐狸腦袋不斷地想著要怎樣才能逃過一劫，緊張地不斷嚥著口水，先是嗅嗅自己的尾巴，再把尾巴探到孔天妙面前：「妙妙，咱、咱的尾巴咱已經舔過了，所以沒味道，所以咱、咱可以……」

孔天妙聞都不聞，只是笑著看著璃。

「咱、咱知道了啦！」就像是鬧脾氣的孩子一樣，璃自暴自棄地叫了起來，她知道事到如今再怎麼躲都沒用，只能一臉哀怨地跟在孔天妙後面來到浴室，接著孔天妙對她做了一個「請」的手勢。

「汝、汝該不會是想監督咱吧？咱會好好洗澡，所以汝可以不用監督……」

「沾一下水就出來，當我不知道嗎？」孔天妙一語道破璃的企圖：「怎樣，如果這樣就是洗澡，那我何必在這裡盯妳？妳當妳自己是破抹布嗎？沾沾水就想交差。要的話可以啊，我把妳的皮剝下來當抹布用好不好啊？」

「咱咱咱才沒有這麼想！」璃非常驚恐，立刻抱住自己自豪的尾巴，深怕孔天妙真的動手。

「那換個角度來看事情，先暫時相信妳不會動歪腦筋好了……妳知道什麼是洗髮精和沐浴乳嗎？」

「不知道。」

「妳會用現代的衛浴設備嗎？」

「不會。」

「所以我要跟妳一起洗，順便教妳，這樣還有什麼問題嗎？」

「沒有……」璃此時已經是一副要哭出來的樣子。

「那就進去吧。」孔天妙說著，緩緩地從輪椅上站起來，疼痛感讓她沒有辦法快速動作，但她還是一步一步不依靠別人攙扶地走進浴室。一到浴室後，立刻拉了椅子坐下，這才讓她舒服許多。

璃看著都覺得痛苦，突然覺得自己方才那樣討價還價真是幼稚，所以也乖乖地走進浴室，發現孔天妙已經準備好兩條大浴巾在等她。

「衣服等等出去再穿，畢竟我在浴室裡穿衣服不太方便，天強這時候通常會找事情做，所以不用擔心他會看到。」

孔天妙說的事情璃一點都不在意，現在吸引著她的注意力的，是那些現代感十足的衛浴設備和放滿熱水、冒著煙的大浴缸，璃一臉好奇地往浴缸探頭，卻怎麼都找不到燒熱水的地方，她也沒有孔天強在廚房燒熱水的印象，她對於熱水的來源感到十分好奇。

「快脫衣服啊。」孔天妙一邊說著，一邊褪去身上的衣物，雖然是坐著，但動作一點也不慢，牛奶般的肌膚隨著衣物褪去而展露在璃的眼前。那漂亮的皮膚看得璃目不轉睛，唯一美中不足的，是孔天妙的腹部有一道駭人的巨大疤痕，讓光滑如絲綢的腹部看起來像是被截斷一樣。注意到璃的視線，孔天妙摸了摸自己的腹部，苦笑著說：「這就是我和天強會變成現在這樣子的原因。」

「唔嗯……」璃沒有說話，乖乖地脫下身上的衣服，接著一臉滿意地在孔天妙面前秀起尾巴：「果然還是這模樣最能體現咱尾巴的美……噫——欸？」

璃的話才說到一半，孔天妙就壞心眼地拉了蓮蓬頭往璃身上噴水，璃嚇了一大跳，原本以為身體要被弄得冰冰涼涼，沒想到沖到她身上的水卻十分溫暖舒服，她一臉好奇地看著蓮蓬頭。

「這是怎麼回事？這軟管流出來的水為何是熱的呢？」璃嘗試地碰了碰蓮蓬

頭流出來的水，孔天妙這時把水龍頭轉到冷水，過大的溫差讓冷水感覺起來就像是冰的一樣，凍得璃尾巴都豎了起來，接著她注意到水龍頭的祕密，一臉發現新大陸的模樣甩起尾巴。

接著就是一連串的教學，先是衛浴設備的使用，還有介紹各類洗滌用品，從頭到腳每一樣孔天妙都和璃說得非常仔細，過程中，璃忍不住讚嘆那個名叫「科技」的人的偉大。

不知不覺，璃已經從頭到腳被孔天妙洗過一輪，就連尾巴都用潤髮乳好好地護理過，一人一狐還互相為對方刷背，看起來就像感情很好的姐妹一樣。

在泡進按摩浴缸後，那一缸子的熱水以及按摩氣流讓璃渾身飄飄然地放鬆下來，這是她第一次在水裡這麼放鬆、這麼舒服，此刻她已經徹底忘卻洗澡的恐懼，甚至還有點喜歡起來，特別是泡澡，通體舒暢的感覺讓她覺得自己可以在浴缸裡定居。

「小璃。」

「唔咕……？」璃的喉頭發出舒服的聲音，半張的眼慵懶地看向坐在對面的孔天妙。

「……如果有一天我不在的話，天強就要麻煩妳了。」

「汝想太多了……」孔天妙的話讓璃睜開眼睛盯著孔天妙。

「汝究竟在害怕什麼事情？」

孔天妙沒有說，只是皺著眉苦笑著。

「咱不想說教，但汝若有什麼問題，為何不直接和那蠢驢明講呢？」

「……我不想讓他擔心。」

「姐弟倆真是一個樣。」璃忍不住嘆了口氣：「那蠢驢也常常不為了讓汝擔心，幹了許多蠢事。」

「這大概就是血緣吧。」孔天妙苦笑著說。

「當然，咱也不會雞婆地說他幹了什麼，同樣地，咱也不會和他說汝的事情，這樣的事情只有汝親自告訴他才有意義。咱能做的，就只有聽汝等訴說，看著汝等的作為。」璃說著，一把抱住面前的孔天妙，在她耳邊輕聲地說：「還有，汝等這麼照顧咱，咱也會用咱的方式盡全力對汝等好。汝等救了咱的命，對咱的好，這些都讓咱覺得能夠解除封印是件幸福的事情，因為汝等，所以咱才不再孤獨。咱原本是不信天的，但咱相信咱們會在一起，肯定是天意的安排。雖然人類的壽命僅有短短的一百年，而咱的壽命卻有好幾千年，汝等衰老甚至死亡後，咱依舊是這模樣，但咱絕對不會忘記汝等，所以咱希望能留下的都是美好的回憶。為此，咱一定會拚命地守護一切，相對地，汝等也千萬別做出會讓咱痛苦的事情。」

講了這麼一長串，孔天妙知道璃是擔心著自己，她也相信那傳來的體溫是璃的真心。她抱住了璃，好好地感受著狐狸精略高於人類的體溫，感謝神明給了他們這麼奇妙的緣分。

「對付心魔，最重要的是不害怕。」璃緩聲說道：「汝越是害怕，心魔就會越強大，也代表汝越不信任那蠢驢。」

「我沒有……」孔天妙想反駁，但話語卻無比地無力。

「汝啊，偶爾也要懂得撒嬌，咱替汝試過了，雖然孔天強那蠢驢總是冷冰冰的高傲模樣，但其實滿耐不住別人對他撒嬌耍賴的喔！」璃信誓旦旦地說道。

璃說著說著，臉上出現了狡猾的笑容：「否則咱也不會有那麼多的甜甜圈可以吃。」

璃的話讓孔天妙輕輕地笑了，但她也知道自己絕對沒有辦法像璃那樣撒嬌耍賴，理由很簡單——

因為她是姐姐。

一人一狐又談了一陣子，泡到璃感覺有點頭暈了才裹著浴巾走出浴室。

雖然非常在意她們倆到底在浴室裡聊什麼聊這麼久，但孔天強還是不敢偷聽，即使非常好奇仍不斷壓抑腦海中的想法，強迫自己把注意力放在眼前的食材上，準備明天的早餐。

「蠢驢，汝這是在準備明天要吃的東西嗎？」璃一臉好奇地從孔天強身後探頭，嚇了孔天強一跳，因為逼自己不能分心的緣故，他完全沒有注意到璃的氣息，還差點切到自己的手。

「感覺不錯耶，咱可以先嘗嘗看嗎？」

「滾！」看著甩著尾巴的璃，孔天強的臉頰瞬間一片通紅。

璃在擦完身體後，沒有遵從孔天妙的指示去房間穿衣服，而是一如往常地用「最舒服的姿態」四處走動。濕漉漉的頭髮緊貼著凹凸有致的身材，雪白的肌膚因為剛洗完澡的緣故而有些泛紅。雖然是平常的裸族模式，但因為剛洗完澡的關係，性感的身材、沐浴乳的香氣加上紅蘋果般鮮嫩欲滴的肌膚，這些都讓性感跟煽情度大幅提升，孔天強的心臟被大力衝擊，心跳加速到最高點。

「汝，怎麼流鼻血啦？」璃看著孔天強那張冷峻卻一片通紅的臉，馬上注意到他的鼻孔流出血紅色液體，接著嗤嗤地笑了起來，孔天強用手一抹，果然抹下一片腥紅。

「璃，我不是叫妳立刻去房間穿衣服嗎？」穿好衣服的孔天妙操作著輪椅來到廚房，她的聲音讓璃瞬間顫了一下，全身僵硬。

孔天妙笑著，卻笑得比笑容先生更加讓人發寒。

「妳為什麼會在這裡調戲天強呢？」

「咱、咱……」璃的脖子僵硬得只能一拍一拍地轉頭，接著她硬擠出一個僵硬的笑容：「咱知道錯了……可以原諒咱嗎？」

「死——刑——」孔天妙笑著說。

接著，是狐狸精足以貫穿整棟大樓的淒厲慘叫。

——《狐狸娘！02》完

高寶書版集團
gobooks.com.tw

輕世代 FW293

狐狸娘02

作　　者　哈　皮
繪　　者　水　佾
編　　輯　林紓平
校　　對　任芸慧
美術編輯　林鈞儀
排　　版　彭立瑋
企　　劃　方慧娟

發 行 人　朱凱蕾
出　　版　英屬維京群島商高寶國際有限公司臺灣分公司
　　　　　Global Group Holdings, Ltd.
地　　址　臺北市內湖區洲子街88號3樓
網　　址　www.gobooks.com.tw
電　　話　(02) 27992788
電　　郵　readers@gobooks.com.tw（讀者服務部）
　　　　　pr@gobooks.com.tw（公關諮詢部）
傳　　真　出版部　(02) 27990909　行銷部 (02) 27993088
郵政劃撥　50404557
戶　　名　三日月書版股份有限公司
發　　行　三日月書版股份有限公司/Printed in Taiwan
初版日期　2018年12月

國家圖書館出版品預行編目(CIP)資料

狐狸娘 / 哈皮著.-- 初版. -- 臺北市：高寶國際, 2018.12-
冊；　公分. --

ISBN 978-986-361-596-5(第2冊：平裝)

857.7　　107003454

三日月書版

三日月書版

GOBOOKS
& SITAK
GROUP©